요셉과 그 형제들
깊이 읽기

요셉과 그 형제들
깊이 읽기

장지연 지음

살림

■ 머리말

 낯선 땅에서 새로운 삶을 시작하는 자에게 가장 아쉬운 것은 그 땅에도 따뜻한 체온을 가진 인간이 살고 있다는 바로 그 '느낌'이다. 그 느낌만 있으면 무엇이든 해낼 수 있다.
 독일 괴팅엔에서 새 삶을 시작하던 그때, 나는 운 좋게도 오래 기다리지 않고도 그런 느낌을 넘치도록 안겨주는 친구 한 사람을 만났다. 옌스. 어디에 가면 입맛에 맞는 쌀을 살 수 있는지, 매콤한 고추를 파는 상점은 어디인지, 버스를 타고 얼마큼 가면 가슴이 저리도록 아름다운 풍경과 만날 수 있는지, 하나하나 세세하게도 일러준 옌스.
 혹시 전생에 한국 사람이 아니었냐고 우스개 질문을 던질 만큼 그는 처음부터 낯선 외국인이라는 느낌이 없었다. 그가 얼마나 따뜻한 가슴을 지닌 인간이었는지를 생각하면 맨 먼저 기숙사 현관 앞에 놓여 있던 전기밥솥이 생각난다. 수

신인 이름도, 발신인 이름도 없이, 그저 조용하게 내 눈에 뜨이기만을 기다리고 있던 전기밥솥을 보는 순간 나는 대번에 그의 얼굴을 떠올렸다. 옌스라면 소리도 없이, 생색도 내지 않고, 지금 내게 가장 필요한 물건을 구해 와서 전해 줄 사람이었다. 공부가 끝나고 다른 유학생에게 물려주고 귀국할 때까지 그 기특한 취사도구는 정말 제 몫을 톡톡히 다했다. '역전 대합실'에 들른 많은 유학생들에게 최소한 따뜻한 한국 밥을 대접할 수 있게 해준 것도 그러니까 모두 소중한 친구 옌스 덕분인 셈이었다.

괴팅엔 도시 전체에 그와 나눈 우정의 추억이 잔잔하게 배어갈 무렵, 그는 학업을 마치고 근무할 병원이 있는 다른 곳으로 떠나야 했다. 괴팅엔에서의 만남을 통해 인간이 인간에게 어떤 식으로 희망을 줄 수 있는지를 가르쳐준 옌스는 이번엔 이별의 선물을 통해 내게 "우리들 삶이야말로 신(神)이 쓴 한 편의 거대한 시(詩)다"라는 사실을 알려주고 떠났다.

옌스가 이별의 선물이라면서 내 책상 위에 얹어놓고 떠난 색이 바래고 낡은 소설책, 그 소설이 바로 토마스 만의 '요셉'이었다. 책갈피마다 그의 손길이 남아 있고 밑줄이 그어져 있던 그 위대한 소설은 이후의 내 삶에 더할 수 없이 중요한 의미를 남기게 된다.

그리고 16년의 세월이 지났다.

귀국을 한 나는 강의를 하는 틈틈이 한국문학을 독일에

알리는 작업의 연장선상에서 소설가 양귀자의 『원미동 사람들』을 독일어로 번역, 출판하게 되었다. 그 과정에서 우연히 만나게 된 살림출판사의 심만수 사장이 어느 날 문득, 내게 물었다. 토마스 만의 '요셉 소설'을 혹시 읽었느냐고. 이렇게 말해도 된다면, 나는 정말 내 귀를 의심하지 않을 수 없었다. 옌스가 내 책상 위에 얹어놓고 떠난 바로 그 소설, 그 이후 내가 만난 독일인들에게 탐문해 보니 마음에 담아두는 최고의 고전으로 이 책을 꼽는 이들이 많았고, 한 번 읽고 끝내는 소설이 아니라 평생 곁에 두고 몇 번씩 정독한다는 독후감들을 심심찮게 들었지만, 귀국해서 지금까지 내 앞에서 '요셉'을 말하는 사람을 만난 것은 처음이었다. 심 사장은 전 주한 독일대사였던 폴러스 박사가 젊은 시절 가장 감명 깊게 읽었던 책이 토마스 만의 '요셉 소설'이었고, 그 소설이 자신의 인생에 어떤 나침반 역할을 했는지를 설명한 인터뷰 기사를 읽었다면서, '요셉 소설'을 번역해서 한국 독자들에게도 읽히고 싶다는 의지를 밝혔다.

그렇게 해서 나는 '요셉'과 다시 만났다. 다시 조우한 요셉은 곧 내 운명의 소설이 되고 말았다. 나는 겁도 없이 '요셉'의 번역을 내가 맡겠다고 말했다. 마음속 가득, 이것은 운명이다,라는 외침의 소리가 들렸으므로 도저히 참을 수가 없었기 때문이었다.

내 삶의 계획표에 이처럼 거대한 번역작업의 일정이 들어 있다고는 미처 생각지도 못한 채 살아왔던 삶이었다. 그러나 번역이 시작되고 나서 나는 하루에도 몇 번씩 이 일의 절묘함에 놀라지 않을 수 없었다. 지금까지 살아오면서 배웠던 모든 지식들이 단 하나도 빠짐없이 고스란히 쓰이게 되는 데에는 나 스스로도 입이 다물어지지 않았던 것이다.

독일에서 공부한 것이 이 일을 위해서는 정말 천만다행이었다. 대학 등록금이 없어도 무턱대고 해당학과 담당교수를 찾아가 청강 신청을 하면 마음껏 배울 수 있는 곳이 그곳의 대학사회였다. 끝까지 알고 싶은 욕구, 채워지지 않는 학문의 갈증, 그것만 있으면 학문 연마의 길은 활짝 열려 있었다. 어디 그뿐인가. 책을 읽고 의문점이 생기면 저자에게 문의 편지 한 통 쓰는 데 들인 성의의 몇 곱절에 달하는 정성 어린 답장을 받을 수 있었던 곳도 독일이었다. 한 학기에 학생회비 16마르크(우리 돈으로 8,000원)만 내고 나면 전공이나 부전공 가릴 것 없이 마음 놓고 관심분야의 도서관이나 세미나를 집처럼 드나들 수 있었던 그때, 수없이 책장을 넘기고 또 넘겼던 그 책들이 머나먼 훗날 이토록이나 생생하게 쓰일 수 있다는 것에 대해 나는 필연이라는 말 말고는 도저히 다른 표현을 떠올릴 수가 없다.

그렇기 때문에 나는 노벨 문학상을 수상한 작가 토마스 만 스스로 자신의 최고의 걸작으로 뽑은 '요셉'의 번역 작업에 말 그대로의 최선을 다했다. 번역이 시작되고부터 지금까지, 내 모든 삶의 일정에 언제라도 일순위는 이 '요셉 소설'이었다. 어떤 다급한 일도 이 일이 끝난 후로 미련 없이 물리쳤다. 당연히 건강 문제도 뒷전일 수밖에 없었는데,

한창 번역에 속도가 붙을 무렵에 나는 최악의 건강 상태로 수술대에 오르면서 잠시 손을 놓을 수밖에 없는 형편에 이르고 말았다. 나는 절망했다. 이대로 그냥 끝나는 것은 아닌가. 결국 내게 허락된 요셉과의 사랑은 여기까지 뿐인 것이 아닐까……

그러나 나는 물러서지 않았다. 수술 후 심한 빈혈로 초점이 맞지 않아 글자도 읽어내지 못하는 상태에서도 나는 컴퓨터 앞에 앉아 있었다. 가족들의 만류도 내 귀에 들어오지 않았다. 눈이 보이지 않아서, 손이 저려서 도저히 자판을 두드릴 수 없을 때, 다리가 굳어 앉은자리에서 일어설 수도 없을 때, 그럴 때면 머릿속으로 사랑하는 아들 요셉을 잃은 야곱이 비보를 전해 듣고 정신을 잃어버렸다가 다시 깨어나는 장면을 마음과 몸으로 절절하게 더듬어 보면서 나를 위로했다. 그 이후에도 나는 참 많은 시간을 이 '요셉'의 위로를 받았다. 아무도 없는 빈 방에 홀로 앉아 몇 시간이 흘렀는지조차도 모른 채 내 안에 들어 있는 또 다른 나와 싸우며 몸부림칠 때, 항상 손 내밀고 따뜻하게 미소 지어주며 격려한 것도 바로 요셉이었다.

바로 그 이유 때문에 지금 여러분이 읽고 있는 이 글이 쓰여진 것이다. 번역에 들인 지난 3년 간의 세월은 물론이고 그 이전에도, 그리고 앞으로도 항상 나를 지켜주고 격려할 이 '요셉 소설'이 독자들에게 불완전하고 낯설게 받아들여질지도 모른다는 기우가 나로 하여금 조그마한 길잡이 역할까지 마저 해내도록 부추겼다.

물론 성경에 나오는 요셉의 이야기를 아는 사람이라면 토마스 만이 그려낸 이 거대한 상상력의 세계에 얼마든지 다가갈 수 있을 것이다. 하지만 꼭 그렇지만도 않다. 사실 성경에서 소개하는 요셉의 이야기는 괴테의 표현 그대로 하자면 '너무 짧다'. 세계적인 문호 괴테는 작가라면 이처럼 아름다운 이야기를 세세하게 그려내야 할 것만 같은 일종의 사명감을 느끼지 않을 수 없다고 말했다. 괴테가 이루지 못한 꿈을 대신 실현한 토마스 만은 요셉을 기독교 안은 물론이고 기독교 밖에 서 있는 사람들에게도 충분히 읽힐 수 있도록 충만한 생명력으로 기록했다.

 토마스 만은 자신이 이 작품을 쓰게 된 동기 중의 하나가 나이 때문이라고 밝혔다. 이전에는 종교사와 신학이 자신의 관심사가 되리라고 짐작도 하지 못했었는데 나이가 들어 인생을 돌이켜보니 인간, 혹은 인생의 기원에 천착하지 않을 수 없었으며 그러다 보니 성서와 신화에 몰두하게 되었다고 했다. (Bedřich Fučík에게 1932년 4월 15일에 보낸 편지, 『토마스 만이 직접 쓴 '요셉과 그 형제들'에 관한 해설서』, p.59 참조.)

 그런데 바로 그 신화들이 소설 읽기에 복병이 될 수도 있다. 토마스 만이 이야기하고 있는 신화들은 아직까진 우리에게 널리 알려지지 않은 고대 오리엔트의 유대 전설과 바빌론, 이집트 신화들이기 때문이다. 하지만 성경의 요셉을 아는 사람들이든 혹은 이 소설 전면에 깔려 있는 고대 신화들을 잘 이해하고 있는 사람들이든, 요셉의 이야기를 신화와 접목시켜, 그에게 피와 살을 더하여 말 그대로 생생하게 살아 숨쉬게 하는 토마스 만의 묘사와 상상력에는 혀를 내두르게 되리라 믿어 의심치 않는다. 그럼에도 이 안내서가 쓰여지는 것은 이 유장한 소설에 담긴 대작가의 사상을 보다 알차게 섭취할 수 있기를 바라는 충정에서다. 나는 이 안내서가 성경에 대해서나 신화에 대해서 다소 정보가 부족한 독자들에게 일종의 길잡이 역할을 해줄 수 있을 것이라 믿는다.

혹시 소설을 읽는데 무슨 안내서가 필요한가, 고개를 갸웃할 독자들도 있을지 모르겠다. 하지만 기독교를 국교로 삼고 있는 독일에도 독자들을 위한 안내서가 이미 출간되어 있다. 성경에 관한 지식은 많지만 신화나 혹은 요셉이 살게 되는 이집트 문화를 접할 기회가 별로 없었던 독자들을 위한 배려인 셈이다. 물론 이 글에도 독일에서 출간된 헤르만 쿠르츠케의 『토마스 만의 '요셉 소설' 안내서』에 수록된 내용의 일부가 참조되었다. 헤르만 쿠르츠케의 안내서에는 저자 나름대로의 종교관이 배어 있어서 보편적인 독서에 혹여 방해가 될 수도 있으므로 그런 부분들은 모두 수용되지 않았다.

그리고 토마스 만 스스로 자신의 작품을 어떻게 평가했는가는 물론 성서의 요셉을 만나서 그를 자신의 작품으로 재현해 주는 과정을 상세히 보여주는 귀한 자료집이 한 권 있다. 『토마스 만이 직접 쓴 '요셉과 그 형제들'에 관한 해설서』가 바로 그것이다. 이 저서는 엄밀한 의미에서의 해설서는 아니고 소설에 관련된 작가의 발언이 담겨 있는 개인적인 편지와 글들을 씌어진 순서대로 모은 것이다.

  위에 소개한 두 권의 자료는 중앙대학교에 있는 이름가르트 유 군데르트 교수님이 내게 선물해 준 책이다. 토마스 만이 『요셉과 그 형제들』을 집필하는 것을 알고 기뻐하면서 오랜 시간 동안 작가와 편지를 주고받으며 격려와 찬사를 아끼지 않았던 헤르만 헤세, 유 군데르트 교수님은 헤세의 외질녀이다. 유 군데르트 교수님은 내가 이 소설을 번역하는 것을 누구보다도 기뻐해 주었다. 수술 후 작업을 중단하고 더 이상 출강도 하지 못했던 내게 큰 힘이 되었던 편지와 함께 보내 준 이 두 권의 책이 지금의 안내서를 쓰는 밑거름이 되었다. 다시 한번 말하지만, 이 안내서는 먼저 읽은 자의 독후감일 뿐이다. 『요셉과 그 형제들』은 어떤 주장이나 선입견으로부터도 자유로운, 진정으로 위대한 소설이므로.

                                                    장지연

목차

■ 머리말 · 4

토마스 만과 요셉의 만남   · 15
  위와 아래의 축복을 받은 요셉   · 21
  신화를 가지고 노는 요셉   · 24
  신화는 인생의 주춧돌   · 25
  신화와 심리학   · 29

작품에 흐르는 정신사적 배경과 주된 테마   · 37
  ### 정신사적 배경   · 39
  독일에서 논의된 신화라는 테마   · 39
  니체의 철학   · 51
  신화의 개념   · 57
  ### 테마   · 63
  토마스 만과 아시아   · 63
  성부(聖父) 혹은 부권과 모권의 관계   · 71
  성(性)의 문제   · 79

작품 해설 및 본문 이해하기　·89
　해설　·91
　　네 권의 소설이 완성되기까지　·91
　　각 소설의 개관　·95
　　등장인물　·124
　　소설에 등장하는 또 다른 주요 대상　·162
　　소설에 나타난 야웨, 엘, 바알　·167
　　신화 속의 영웅들　·170
　본문 이해하기　·189

부록　·221
■ 지도로 본 아브라함, 야곱, 요셉의 이동 경로　·223
■ 토마스 만이 요셉 소설을 쓰면서 참고한 문헌들　·225
■ 참고 문헌　·234

토마스 만과 요셉의 만남

　토마스 만이 이 작품을 쓰도록 계기를 제공한 것은, 성경에 나온 요셉 이야기를 소재로 그려진 그림들이었다. 스위스 취리히의 토마스 만 관련 문서보관소에 남아 있는 이 그림들을 그린 사람은, 작가의 부인인 카탸 만 Katia Mann의 어린 시절 친구였던 헤르만 에버스 Hermann Ebers다. 그는 이집트학을 전공한 학자요 저술가인 게오르그 에버스 Georg Ebers의 아들로 화가이자 일러스트레이터였다. 토마스 만은 부인과 함께 그의 집을 방문하기도 했는데, 방명록에 남겨진 작가의 최초 방문 기록이 1911년 4월 19일로 되어 있다.

　1924년 4월 10일, 이 그림들로 그림책을 펴낼 생각에 머리말을 써달라고 부탁하면서 화가가 건네준 이 그림들을 본 토마스 만은, 이미 반은 화가의 청을 들어줄 마음을 먹고 가족 성경을 꺼내 들었다. 그리고 할아버지가 아버지에게 물려준, 마르틴 루터가 번역한 그 성경에 기록되어 있는 매혹적인 신화, 요셉 이야기를 읽게 된다. 그러나 그때까지만 해도, '더할 나위 없이 아름다운 요셉 이야기가 너무 짧으니, 보다 상세하게 묘사해야 할 것 같은 사명감을 느낀다'고 한 괴테의 발언이 오랜 세월에 걸친 이 소설 집필에 화두가 될 줄은 작가도 몰랐다. 그러나 성경을 읽던 그날 저녁 뭔가 새로운 것에 대한 예감으로 깊은 사색에 잠겼던 것만은 사실이다. 그전까지만 해도 토마스 만의 작품 세계는 시민사회를 벗어나지 않았었다. 하지만 이제 요셉과 그 시대를 살았던 오래 전의 인물들을 통해, 인간이란 과연 무엇일까, 인간은 어디서 왔으며 어떤 목적을 지닌 존재인가 하는 근원적인 질문에 접근할 수 있지 않을까, 어렴풋이 그런 느낌을 가졌다는 뜻이다.[1]

성경의 요셉 이야기를 묘사한 그림을 보고 내친김에 성경까지 다시 꺼내 읽은 지 1년이 채 지나지 않은 1925년 2월 4일, 작가는 에른스트 베르트람 Ernst Bertram에게 보낸 편지에서 3월에 지중해 여행을 떠날 예정이라고 밝힌다. 이집트에 가서 사막과 피라미드와 스핑크스도 보고 싶다며, 아직 확실한 것은 아니지만 어쩌면 쓰게 될지도 모르는 작품 구상에 유익한 여행이 될 거라고.

사실 이집트는 토마스 만이 어린 시절부터 관심을 가지

---

[1] 1930년 1/2월의 기록 「약력 Lebensabriß」, 『토마스 만이 직접 쓴 '요셉과 그 형제들'에 관한 해설서』, pp.36~40. 이하 이 책에 게제되는 토마스 만의 편지는 그의 해설서에서 참조한 것임. 이하 해설서로 표기.

고 있던 나라이긴 했다. 그때 읽었던 『피라미드의 나라 *Das Land der Pyramiden*』²⁾는 토마스 만의 뇌리를 떠나지 않은 책이었다. 그가 김나지움 1학년(우리 나라로 따지면 초등학교 5학년)이나 아니면 2학년 때의 일이었다. 종교 시간에 담당 교사가 이집트인들이 숭배하는 거룩한 황소의 이름이 뭐냐고 학생들에게 물었다. 작가는 자신 있게 손을 들었고 선생님의 허락을 받고 자리에서 일어나서 대답했다. "하피!" 그러나 그에게 돌아온 것은 선생님의 호통이었다. "틀렸어, 앉아. 잘못된 것을 아느니 차라리 모르는 게 낫다! 그건 아피스야." 작가는 더 이상 아무 말도 못하고 자리에 앉고 말았다. 자신이 알고 있는 것이 더 정확했음에도 불구하고, 그 사실을 차마 선생님께 말할 수는 없었던 것이다.

'아피스'란 이름은 그리스와 로마식으로 표기한 이름일 뿐 전혀 이집트 원음이 아니며, 이집트어의 모음을 정확하게 알 수 없긴 하지만, 그래도 '하피'였을 확률이 더 크다는 것을 자신이 알고 있다는 사실이 기뻤지만, 그러한 기쁨이 교사의 권위 앞에서 여지없이 무너질 수 있다는 것, 오늘날은 그렇지 않겠지만 당시만 해도 그저 그 앞에서는 노예처럼 꿀 먹은 벙어리가 될 수밖에 없었다고 토마스 만은 고백한다.³⁾

이집트 여행 계획을 밝힌 편지를 쓴 후 9개월이 지난 1925년 11월 4일에, 그는 막스 브로드⁴⁾로부터 그가 쓴 유

---

2) 칼 오펠 Karl Oppel의 『*Das alte Wunderland der Pyramiden*』을 의미함.
3) 해설서, p.16.

대인을 소재로 한 소설을 선물 받고 답례편지를 쓰면서 자신 또한 역사적인, 혹은 절반은 역사적이라 할 수 있는 것, 즉 유대인과 이집트에 관련된 것에 접근하고 있다고 말한다. 거기서 뭔가 나올 수 있는지, 그리고 나온다면 어떤 결실이 될지는 자신도 아직은 모른다고 썼다.[5]

그러나 1926년 5월 9일, 게르하르트 하우프트만 Gerhart Hauptmann에게 보낸 편지에서 작가는 독자들에게 들려주고 싶은 이야기가 있다고 고백한다. 자신이 꿈꾸고 있는 아주 특별한 그 이야기의 무대는 바로 가나안과 이집트라고. 같은 해 8월 1일, 펠릭스 베르타욱스 Félix Bertaux에게 보낸 편지에 마침내 '이집트에서의 요셉'에 대한 소설을 쓰고 있다는 언급이 나온다. 작가는 이때 이 소설이 어렵지만 아주 재미있고 매력적이며, 성서의 요셉 이야기에 유머와 해학을 더하여 사실적으로 그릴 것이라고도 했다.

사실적으로 그리기 위해서는 당연히 많은 자료가 필요했다. 물론 그렇다고 해서 이 작품의 많은 부분을 지탱하는 것이 작가가 가진 방대한 지식의 나열이라고 생각해서는 곤란하다. 보다 중요한 것은 자신이 아는 지식을 서로 결합시켜 조화로운 형상을 만들 수 있었던 작가의 상상력이었다. 이런 당연한 사실을 굳이 언급하는 데는 이유가 있다. 이후 소설의 일부가 미리 지면에 소개되었을 때, 일반 독자뿐 아니라 평론가조차도 작가의 해박한 지식에 혀를 내둘

---

4) Max Bord, 『뢰우뵈니, 유대인의 영주 Rëubëni, Fürst der Juden』
5) 해설서, p.11.

렸기 때문이다.[6] 많은 관련서들을 읽었다는 점은 작가 스스로도 인정한다.[7] 하지만 이보다는 그 해박한 지식을 서로 조화롭게 상응시켜 놓은 점이야말로 높이 평가해야 마땅할 것이다.

위와 아래의 축복을 받은 요셉

작가는 자신에게 요셉 소설을 집필하도록 영감을 불어넣어 주고 긴 세월에 걸쳐 창작하는 동안 나침반과 같은 역할을 한 것은 구약성서의 창세기 49장 25절임을 밝히고 있다.[8] 이 구절은 요셉의 아버지 야곱이 임종을 맞아 아들을 축복해 준 말인데 독일어 성경을 나름대로 번역하자면 아래와 같다.

"네 아비의 하느님께서 널 도우셨으니, 전능하신 하느님께서는 위로 하늘에서 내려오는 복과 아래의 깊은 곳에서 솟아오르는 복, 곧 젖가슴과 태의 복을 너에게 주셨도다."

참고로 다음은 우리 나라 개신교 성경 인용문이다.

---

[6] 평론가란 「토마스 만의 요셉 소설 Thomas Manns Josephroman」을 쓴 로버트 파에지 Robert Faesi 박사를 뜻한다. 1936년 11월 10일 알렉산더 모리츠 프로이 Alexander Moritz Frey에게 쓴 편지에서 작가가 언급한 내용이다.
[7] 「나 자신에 관하여 On Myself」, 1940년 3/4월. 해설서 p.181.
[8] 1944년 3월, 「책 중의 책 그리고 요셉에 관하여 Vom Buch der Bücher und Joseph」, 해설서, p.259.

"네 아비의 하나님께로 말미암나니 그가 너를 도우실 것이요 전능자로 말미암나니 그가 네게 복을 주실 것이라 위로 하늘의 복과 아래로 원천의 복과 젖먹이는 복과 태의 복이리로다."

그리고 공동번역성서에는 이 구절이 다음과 같이 되어 있다.

"너를 돕는 네 아비의 하느님께서 하신 일, 너에게 복을 내리시는 전능하신 하느님께서 하신 일이다. 그 하느님께서 위로 하늘에서 내리시는 복, 땅 속에 숨겨 두신 지하수의 복, 젖가슴과 태에서 솟아나게 하시는 복."

이처럼 하늘의 축복이란 정신과 현명함과 깨어 있음이며, 땅의 축복이란 본능과 생명 그리고 풍요로운 생식력을 뜻한다. 작가는 위와 아래의 축복을 동시에 받은 또 다른 인물을 알고 있었다. 작품상의 주인공이 아니라 역사적으로 실재한 인물로, 바로 괴테다. 그에 관한 이야기는 뒷부분에 다시 언급될 것이다.

그럼 이 두 가지를 다 받았던 요셉의 삶은 온통 장밋빛이라는 뜻이었을까? 천만에! 작가는 천문학의 대가들이 태어난 날짜와 시간을 보고 축복받은 삶(장수와 행복한 삶, 그리고 편안한 죽음을 예언했다)이라 했던 자신의 삶도 그렇듯이,[9] "축복을 받은 자들의 삶이 오로지 행복과 무미건조한

---

9) 해설서, p.125.

번영만으로 채워질 거라고 믿는 것은 얄팍한 미신이다. 축복은 이들의 삶에서 숱한 고난과 재앙에 뒤덮인 토대로서, 어쩌다 한번 그 틈 사이로 축복의 황금빛 얼굴을 엿볼 수 있을 뿐이다."(제1권, 7부 라헬, 기름 신탁, p.562)라고 말한다.

성서에 기록된 요셉의 이야기를 살펴봐도 그렇다. 형들의 미움을 받아 상인들에게 노예로 팔려 가는 신세를 한마디로 행복하다고 할 수는 없을 것이다. 고향 팔레스타인의 헤브론에서 멀리 떨어진 낯선 이집트에서 종살이를 하던 요셉은, 우여곡절 끝에 이집트의 왕인 파라오의 은총을 입어, 오늘날의 표현을 따르자면 농림부 장관의 지위까지 오르게 된다. 그러다 예언된 지독한 가뭄이 이어져 사방이 굶주리게 된다. 이때 풍년이 계속될 때 곡식을 저축해 둔 요셉의 현명한 조처 덕분에 이집트뿐 아니라 그곳으로 곡식을 사러 온 다른 나라 사람들까지 먹을 것을 얻게 된다. 이 사람들 속에는 자신을 팔아치운 형들과 아버지도 속했다. 요셉은 형들을 용서하고 아버지와 다른 식구들을 살기 어려운 팔레스타인 땅에서 이집트로 모셔온다.

그렇다면 간략하게 소개한 이 내용에 단순히 사실적인 자료를 토대로 살만 붙여서, 다시 말해서 양만 늘여서 만든 것이 '요셉 소설'이라는 뜻인가? 물론 아니다. 작가가 이해한, '위와 아래의 축복'을 한꺼번에 거머쥔 요셉은 또 다른 표현을 얻기도 한다.

신화를 가지고 노는 요셉

작가는 딸 에리카에게 보낸 1926년 12월 23일 편지에서 요셉 원고가 한 장 한 장 쌓여가고 있다고 고백하면서, 현재 작업은 유머를 사용한 에세이 혹은 학문의 흉내를 내는 일종의 기초 공사이지만 어느 때보다 재미있다고 털어놓는다. 이때 그는 요셉을 가리켜 '신화를 가지고 노는 일종의 고등 사기꾼'[10]이라고 말한다.

언뜻 거부감을 느낄 수도 있는 이 표현은, 작가가 1926년 12월 28, 에른스트 베르트람에게 쓴 편지에서도 발견할 수 있다. 거기서 작가는 어느 전설 연구서[11]가 큰 도움이 되었다고 말한다. 그 책에서 새로운 많은 것을 얻었고, 또 찾고자 했던 것을 발견했다는 것이다.

찾고자 했던 것? 요셉을 고등 사기꾼으로 묘사하려는 자신의 발상을 뒷받침해 줄 근거가 필요했던 것이다. 작가는 이 책이 자신에게, 요셉이 티폰(그리스 신화의 거대한 괴물로 용의 머리가 100개 달려 있는 것으로 알려져 있다. 이 반인반수는 대지의 여신 가이아와 땅 밑 암흑세계의 신 타르타로스 사이에서 태어났다고 전해짐)의 계보에 속하는, 메소포타미아 신화의 탐무즈와 이집트 신화의 오시리스(우시르) 그리고 그리스 신화의 아도니스와 디오니소스로 이어지는 유형이라

---

10) 해설서, p.22.
11) Julius Braun, 『*Naturgeschichte der Sage. Rückführung aller religiösen Ideen, Sagen, Systeme auf ihren gemeinsamen Stammbaum und ihre letzte Wurzel*』, 2 Bde., München, 1864/65를 의미함. 참고 문헌 참조.

는 사실을 재확인시켜 주었다는 것이다. 그래서 당시 바빌론과 이집트의 세력권에서 살았던 요셉은 그곳 신화에 등장하는 탐무즈라든가 우시르를 알고 있었을 것이므로, 고대인답게 그 신화 속의 영웅들과 자신을 동일시하는 인물로 그릴 수 있다는 확신을 얻은 셈이다. 작가는 여기서 한 걸음 더 나아가 예수의 삶 또한 기존의 종교적 문화유산이 모두 투영된 것이므로, 그의 이야기 또한 태양을 숭배하는 신화로 보여진다고 말하기도 한다. 신화? 작가는 계속 신화를 운운하고 있다. 그렇다면 토마스 만에게 신화란 과연 무엇이었을까?

신화는 인생의 주춧돌

작가는 1936년 4/5월에 걸쳐 준비한 강연문「프로이트와 미래 Frued und die Zukunft」에서[12] 신화는 인생을 합리화하는 주춧돌이라고 말한다. 시간에 얽매이지 않는, 한마디로 시간을 갖지 않는 하나의 경건한 고정틀, 생명이 피와 살로 그 틀을 채워 넣을 때마다 되살아나는 것이 신화라는 말이다. 작가는 자신의 삶을 신화 속에서 사는 것으로, 다시 말해서 신화의 반복으로 여긴 고대의 인물로 클레오파트라를 소개하기도 했다. 그 증거는 그녀의 죽음이라고 했다. 가슴에 독사를 올려놓고 죽은 클레오파트라.

독사! 메소포타미아 신화의 이쉬타르, 이집트 신화의 이

---

12) 해설서, p.130.

시스를 대변하는 짐승이 바로 독사이다. 이쉬타르는 흔히 뱀옷을 입은 모습으로 묘사되기고 하며, 아예 목에 독사를 감고 있는 신상도 있다. 그뿐 아니라 클레오파트라는 이시스의 모자인 독수리 두건을 쓰는가 하면 이집트 신화에 등장하는 하토르의 표장(表裝)으로, 가운데에 태양 원반이 걸려 있는 소뿔 모자를 쓰기도 했다. 이렇게 본다면 클레오파트라가 택한 자살 방법은 자신이 누구인지 밝힌 시위나 마찬가지라는 것이다. 토마스 만은 클레오파트라가 그리스 신화의 아프로디테에 비할 수 있는 인물이요, 이집트 신화의 이시스와 하토르의 구현이라고 밝힌 플루타르코스 Plutarchos나 바흐오펜의 객관적인 진술[13]보다는 생을 마감하는 방식을 통해서 보여준 클레오파트라의 주관적인 진술에 더 큰 비중을 둔다. 클레오파트라는 자신이 누구인지, 누구의 발자취를 따라가고 있는지 알았다는 것이다.

이처럼 고대인의 자아는 현대인의 그것과 다르다는 것이 작가의 생각이었다. 그는 스페인의 문화철학자인 오르테가 이 가세트 Ortega y Gasset의 표현[14]을 빌어, "고대인은 뭔가 하기 전에 한걸음 뒤로 물러나 과거에서 전형을 찾아보고 마치 잠수복을 입듯이 그 안에 미끄러져 들어가 안정감을 얻은 다음 현실의 문제로 뛰어든다"고 말한다. 따라서 고대인의 삶은 어떤 의미에서는 예전에 있었던 것에 다시

---

13) Johann Jakob Bachofen의 『원시종교와 고대 상징 *Urreligion und antike Symbole*』
14) 『대중의 항거 *Der Aufstand der Massen*』, 1931, p.175.

생명을 불어넣는 것이 된다.

 작가는 자신의 삶을 과거의 재생이라 믿으며 살았던 또 다른 위인으로 시저를 들었다. 그는 알렉산더를 본받으려 했다고 한다. 여기서 이 '본받기'란 오늘날 우리가 생각하는 것보다 훨씬 강한 의미를 지닌다고 작가는 강조한다. 다시 말해서 단순하게 행위를 본받는 것에 그치는 것이 아니라 신화와 자신을 동일시한다는 뜻이라는 이야기다. 고대인에게 익숙했던 이러한 행동양식들이 오늘날이라고 불가능한 것은 아니라는 것이 작가의 생각이다. 작가는 학자들이 고대인의 특징을 보여주는 인물로 꼽았던 나폴레옹의 이야기도 들려준다. 나폴레옹만 해도 근대의 자의식 상태가 자신으로 하여금 알렉산더가 그랬던 것처럼, 로마 신화의 최고신 주피터와 고대 이집트의 주신(主神) 아몬의 아들이라고 말할 수 없게 만드는 것을 안타까워했다는 것이다. 토마스 만은 그럼에도 불구하고 나폴레옹이 오리엔트를 정복하려고 했을 때만큼은 자신을 알렉산더라고 착각했으며, 나중에 서양에만 눈을 돌리기로 결심한 순간에는 "나는 칼대제다"라고 선언했다는 사실을 강조한다. "난 그를 연상시킨다"도 아니고, "내 위치가 그의 위치와 비슷하다"도 아니고, "내가 그와 마찬가지이다"도 아니며 "내가 바로 그이다"라는 발언, 그것이야말로 바로 신화의 공식이라는 것이다.

 자신의 살과 피로써 신화를 되살리는 것, 자신의 삶을 과거와 연관짓는 것, 그리하여 자신의 인생을 합리화하는 것, 이보다 더 의미 있고 품위 있는 삶이 어디 있는가? 이런 결론을 뒷받침하기 위해 작가는 클레오파트라뿐 아니라 예수를 예로 들었다. 십자가에 못 박힌 예수는 "오 주여, 주여, 왜 저를 버리시나이까?"라는 유명한 말을 했다. 이 말이 언뜻 보여지는 것처럼 절망이나 실망에서 나온 절규가 아닌, 오히려 자신이 구세주라는 고도의 자의식에서 비롯된 발언이라고 막스 베버는 지적했다.[15] 그러니까 이 말은 즉흥적으로 나온 '독창적인' 것이 아니라, 그 이전에 있었던 바로 구약성서의 시편 22장의 첫 구절을 상기시킨 발언이라는 뜻이다. 이렇게 예수는, 처음부터 끝까지 구세주의 등장을 예고하는 내용을 담고 있는 이 장의 첫 구절을 인용함으로써, 자신이 바로 그 구세주임을 밝힌 셈이다. 누군가를 '인용'하는 삶, 풀어서 설명하자면, 신화 속에 등장하는 어느 영웅의 말을 자신의 입에 올리거나 그의 행동까지 따라하는 삶, 즉 신화 속에 사는 인생은, 신화에 올리는 일종의 예배 의식(儀式)과도 같다고 작가는 말한다. 이전에 이미 씌어진 것을 현실로 재현하는 것은 그 자체가 축제가 되는 것이다. 매해 성탄절이면 세상을 구원할 요람의 아이가 새롭게 태어나는 것도 그런 맥락에서 이해해야 한다는 것이다.

그래서 "축제는 시간의 극복이다."[16] 작가는 축제란 원형을 모방하는 과정이라고 표현한다. 고대의 경우 모든 축제

---

15) Max Weber, 『종교 사회학 논고 모음집 *Gesammelte Aufsätze zur Religionssoziologie*』, Bd. 3: 고대 유대교 Das Antike Judentum, 2 Aufl., Tübingen, Mohr 1923, p.393.
16) 해설서, p.133.

는 연극이나 마찬가지였다는 말도 한다. 당시 사제들은 축제가 되면 백성들을 모아 놓고 신들의 이야기를 재연하는 일종의 가면극을 공연했다. 예컨대 이집트의 사제들은 우시르(혹은 그리스 이름으로 오시리스)의 고난사를 소재로 연극을 보여주었다. 그리고 기독교가 지배한 중세시대의 사제들은 괴테의 『파우스트』에도 다시 발견할 수 있는, 하늘과 땅과 끔찍한 용이 등장하는 신비주의적인 연극을 공연했다.

이런 가면극의 경우, 연기자가 자신의 배역에 몰입해야 함은 당연한 사실인데, 작가는 이를 '요셉 소설' 중 야콥 이야기에서 희대의 익살극 단락으로 보여주었다. 동생에게 아버지의 축복을 빼앗긴, 한편으로는 처절하지만, 다른 한편으로는 뜰에 모인 구경꾼에게 웃음을 선사하는 에사오의 이야기에는, 당사자 에사오는 물론 거기에 등장하는 이사악과 야콥 역시 자신이 누구인지 누구의 발자국을 따라가고 있는 것인지 잘 알고 있다는 것이다. 자신이 누구인지 알고 있다는 것, 이는 인간의 자의식이다. 이곳이 바로 신화와 심리학이 만나는 지점이다.

신화와 심리학

저명한 정신분석학자 지그문트 프로이트 Sigmund Freud 와 절친한 관계였던 토마스 만은, 그의 팔순 잔치를 기리는 기념연설문 「프로이트와 미래」를 쓰기 위해 요셉 소설의 제3권(이집트에서의 요셉)을 막 마무리하는 순간에 집필을 일시 중단했다.[17] 그러나 1936년 5월 6일에 열린 기념식 행사에 주인공 프로이트는 투병 중이라 참석하지 못했고, 작가는 다음 날 프로이트를 직접 찾아가 낭송해 주었다. 프로이트는 그 이전인 1929년에 토마스 만이 쓴 자신에 관한 또 다른 글 「현대 정신사에서 프로이트가 차지하는 위치 Die Stellung Freuds in der modernen Geistesgeschichte」에 대해서는 자신보다 낭만주의를 비중 있게 다룬 글이 아니냐며 썩 좋아하지 않았지만, 이 기념연설문을 듣고는 무척 기뻐했다.[18] 그 글에서 몇 가지 내용을 간추리면 다음과 같다.

    노이로제를 치유하려는 목적에서 이루어진 연구가 인간 본성의 가장 깊은 곳, 그 어두운 곳을 파고들 수 있었던 것은 전혀 놀라운 사실이 아니다. 아마도 나 자신이 이에 놀라는 마지막 사람일지도 모른다. 나는 노이로제가 인간을 인식하는 수단이 되었고, 정신분석학이 의학이라는 경계를 벗어나 전 세계적인 운동으로 자리잡아 문학과 예술 연구와 종교사와 선사시대 역사학과 신화학 그리고 인종학과 교육학을 비롯하여 모든 학문에 큰 영향을 미치고 있을 때, 뒤늦게 프로이트의 정신분석학을 알게 되었다. 아니 자신이 정신분석학에 이른 것이 아니라 오히려 정신분석학이 나를 찾아왔다는 표현이 옳을 것이다. 『키 작은 프리데만 씨 *Der kleine Herr Friedemann*』에서 시작하여 『베네치아에서의 죽음 *Tod in Venedig*』, 그리고 『마의 산

---

17) 1936년 3월 15일, 이다 헤르츠 Ida Herz에게 보낸 편지.
18) 1954년 5월 17일, 기코 타카하시 Giko Takahashi에게 보낸 편지.

Der Zauberberg』을 거쳐 요셉 소설에 이르기까지 내 작품이 증명한 정신분석학에 대한 관심을 통해 정신분석학은 내가 정신분석학과 뭔가 관련이 있음을 알려주었다. 그리고 어떻게 그렇게 되었는지도 짐작케 해주었다. 그러니까 잠재적인 '알기 이전'의 호감이 이미 있었음을 의식하게 해준 것이다.

그런데 심리학을 수단으로 신을 이해한다고 할 경우, 다시 말해서 신을 어떤 절대적인 현실로, 이미 주어진 어떤 것으로 파악하지 않고, 인간 영혼과 하나이며 그것과 결속되어 있는 것으로 이해하는 것은 서양식 종교관으로서는 받아들이기 어려울 것이다. 하지만 종교성이라는 것이야말로 결속을 의미하는 것이 아닌가. 창세기만 보더라도 신과 인간의 동맹을 이야기하고 있다. 이것의 심리학을 보여주려고 한 것이 바로 내 작품 요셉 소설이다. 잠깐 이 소설 이야기를 해볼까 한다. 다름 아닌 동양의 사제들에게 적용되는 심리학적 신학이 이 작품에서 지배적인 위치를 차지하고 있는 것을 기이하게 여기는 것은 어쩌면 나뿐만이 아닐지 모른다. 이 소설에 등장하는 아브라함은 어떤 의미에서는 신의 아버지이다. 그는 신을 발견했고 생각해 냈다. 그가 그 신에게 부여한 강력한 특성들은 물론 애초부터 신에게 속한 것들이다. 아브라함이 그 특성을 '생산'[19]한 것은 아니라는 뜻이다. 그러나 다른 면에서 보면 아브라함을 그 '생산자'라고 할 수도 있다. 왜냐하면 그 특성을 인식하고 사고를 통해 실현한 것은 바로 아브라함이기 때문이다. 신은

---

19) 작가는 곧바로 신을 연상시킬 수 있는, 창조를 의미하는 동사 'schaffen'을 사용하지는 않고 'produzieren'(생산하다)을 사용한다.

그 위력적인 특성과 함께 물론 아브라함의 외부에 존재한다. 그러나 다른 한편으로는 아브라함의 안에 있기도 하다. 아브라함의 영혼이 지닌 힘은 어떤 때는 신의 속성과 거의 구별되지 않는다. 둘은 서로 얽혀 있기 때문이다. 즉 아브라함은 그 속성을 인식하는 가운데 그것과 하나가 되는 것이다. 바로 이것이 신이 아브라함과 맺은 동맹의 근원이다. 달리 말하자면, 이 동맹은 내면에서 일어나는 사건을 재확인해 주는 것에 지나지 않는다. 그리고 이 동맹의 궁극적인 목적은 거룩해지는 것이다. 그런데 신과 인간 중 어느 쪽의 관심이 먼저였는가 하는 것은 쉽게 대답할 수가 없다. 둘의 욕구는 서로 얽혀 있기 때문이다. 그러나 여하튼 이렇게 동맹을 맺음으로써 신은 신대로, 인간은 인간대로 거룩해지고자 한다. 말하자면 신과 인간의 거룩해지는 과정이 서로 맞물려 있는 것이 이 동맹인 것이다. 따라서 신과 인간은 이 동맹을 통해 가장 깊숙한 곳에서 서로 결속하고 있다. 그렇지 않다면 동맹을 맺을 이유가 어디 있는가?

그리고 최근에 읽은 심리학 관련 논문 중에 프로이트 학파에 속하는 비인의 어느 학자(에른스트 크리스 Ernst Kris)가 쓴 「옛날 자서전 작성법이 보여주는 심리학 Zur Psychologie älterer Biographik」이 있는데, 저자는 설화와 민간 전승에 기초한 옛날 예술가들의 자서전이 전통적으로 이미 하나의 도식처럼 자리잡고 있는 고정틀을 수용하고 있음을 보여준다. 그렇게 함으로써 자신을 합리화하고 자신의 삶이 참되고 올바른 삶이었음을 증명하려 한 것이다. 여기서 '올바른' 삶이란 '이전에 항상 그러했던' 삶, '이미 쓰여 있는 대로의' 삶을 뜻한다. 왜냐하면 인간은 강한 재인식의 욕구를 지녔기 때문이다. 인간은 새로운 것에서 옛것을 다시 찾으려 하고, 개인 속에서 유형에 속하는 특성을 발견하고 싶어한다. 인간의 삶은 실제로 어떤 공식 같은 요소와 개인적인 요소의 혼합이다. 그러니까 개성이 공식 위로 비쭉 고개를 들이미는 정도일 뿐이다. 초개인적인 것, 수많은 무의식적 동일화가 인간 체험을 결정하는 것이다. 저자는 이렇게 말한다. "오늘날에도 어느 한 사람이 살아온 방식대로, 어떤 신분과 계급 그리고 한 직업이 가지고 있는 운명을 그대로 답습하는 사람들이 많다.…… 이렇게 보면 자신의 삶을 살아가는 인간의 자유라는 것은, 우리가 '되살아나는 생명'이라고 부르는 것과의 결합과 연관지을 수 있다." 바로 이 지점에서 그는 참으로 놀랍게도 내 요셉 소설을 예로 들면서 이 소설의 기본 모티브가 바로 이 '되살아나는 생명'이라고 주장한다. 이미 살았던 생명을 본받는 삶, 그의 발자국을 따라가는 것, 그것과 자신을 동일시하는 삶은 특히 요셉의 스승인 엘리에젤의 경우가 잘 보여주고 있다. 그에게서는 과거에 엘리에젤이라는 이름을 가졌던 모든 사람들이 하나로 어우러져 현재의 나를 형성하게 되어, 그는 현실적으로 볼 때는 자신과 결코 같은 사람이 될 수 없는, 아브라함이 데리고 있던 늙은 종 엘리에젤의 이야기를 하면서 일인칭으로 말하는 것이다.

이상에서 소개한 심리학 논문은 심리학적 관심이 신화에 관한 관심으로 넘어가는 부분을 정확히 짚어준다. 그리고 이 글은 어떤 유형이라고 하는 것은 곧 신화적인 것이며, 따라서 '되살아나는 생명'을 '되살아나는 신화'라고 말할 수 있게 해준다. 그러나 바로 이 '되살아나는 신화'를 서사적으로 보여준 것이 바로 내 요셉 소설이다. 내가 이야기꾼으로서 시민과 개인에 관한 이야기를 하다가, 신화와 유형에 관한 이야기로 방향을 옮긴 이후 정신분석학과 그동안 맺고 있던 은밀한 관계가 드디어 진술을 시작하는 단계로 접어들었다는 사실은 나도 인정한다. 신화에 대한 관심은 정신분석학의 타고난 성향이다. 이는 모든 작가가 심리학적 관심을 타고난 것과 마찬가지이다. 개인의 심리를 분석하면서 어린 시절을 파고든다는 것은 동시에 인류의 어린 시절, 즉 원시시대와 신화를 더듬는다는 것과 같다. 프로이트는 모든 자연과학과 의학과 정신치료가, 인류사와 종교와 풍습의 근원을 알고 싶었던 소년기의 열정으로 되돌아가는 여정에 지나지 않는다고 고백하기도 했다.

그리고 심층심리학이라는 용어에서 '심층', 즉 깊다는 표현은 시간적 의미도 지닌다. 인간 영혼의 근원, 태초, 그리고 시간을 우물이라고 본다면, 저 깊은 바닥이야말로 신화가 있는 곳이며, 삶의 원형이 형성되는 곳이다. 신화는 시간에 구속받지 않는 경건한 고정틀이다. 생명이 자신의 무의식으로 그 틀을 채우면 신화는 재생산된다. 신화와 유형학에 대한 관심은 작가로서의 나의 삶에 획기적인 변화를 가져왔고, 내 삶의 질을 높여주었을 뿐만 아니라 인식과 창작에 새로운 경쾌함을 부여해 주었다. 이러한 것은 작가의 노년기에 주어지는 것이 보통이다. 신화적인 것은 인류의 삶에서는 예전의 원시적인 단계를 보여주지만, 개인의 삶에서는 나이가 든 성숙한 단계에서나 나타나는 것이기 때문이다. 이를 통해 얻어진 소득은 보다 높은 차원의 진실이다. 영원과 항상 있는 것, 보편타당한 것, 어떤 고정틀을 알게 되어 미소를 짓게 되는 것이다. 이 고정틀 안에는 흔히 아주 개인적인 것이라고 여겨지는 것이 들어 있는

데,…… 개인은 단순하게도 자신이 최초의 유일한 존재라고 착각하면서 자신의 삶이 실은 하나의 공식에 속하며, 반복이며 이미 많은 사람들이 디디고 다녀서 잘 닦여져 있는 길을 따라가는 것이라는 사실을 전혀 알지 못한다.

그러나 바로 이러한 사실을 꿰뚫어 보고 여기에 초점을 맞추는 작가는 당연히 아이러니가 배어 있는 태연한 시선으로 현상을 바라보게 된다. 신화적 인식은 바라보는 자가 얻을 수 있는 것이지, 바라봄을 당하는 대상은 얻을 수 없기 때문이다. 그렇다면 어떻게 신화적 시각이 주관화되어, 행동하는 자아 속으로 들어가 그 안에서 깨어나 자신의 '회귀'를 의식하고 이 땅에서 자신의 역할을 의식(儀式)으로써 행하게 되는 것일까? 그리고 오로지 이미 확립되어 있는 것을 자신의 살로 다시 보여주고 다시 구현하는 것만이 자신에게 품위를 부여한다는 것을 알게 되는 것일까? 바로 이 경우 '되살아난 신화'라는 말을 할 수 있을 것이다. 그러나 이는 전혀 새로운 것이 아니다. 신화 속에서 살아가는 삶은 역사적으로 이미 존재했다. 고대의 삶이 바로 그러했다. 그 예로는 이쉬타르-아스타르테, 아프로디테의 구현이라 할 수 있는 클레오파트라가 있다. 요셉만 하더라도 아주 고상한 차원의 종교적 고등 사기술을 펼치는 인물이다. 그는 갈기갈기 찢겼다가 묻힌 후 부활하는 탐무즈 혹은 우시르의 신화가 자신의 삶에서 되살아나도록 '내버려둔다'. 그리고 그의 이 엄숙한 예식과 같은 유희는 저 깊은 곳에서 은밀히 삶을 결정하고 형태를 부여하는 것—무의식?—과의 놀이인 것이다. 형이상학자와 심리학자들이 말하는 신비, 주어져 있는 모든 것이 그 자리에 있도록 주는 자가 바로 영혼이라고 하는 이 신비는 요셉에 이르러 경쾌한 익살로, 예술적인 모습으로, 일종의 유쾌한 기만과 장난으로 드러난다. 소설의 요셉은 무의식의 차원에서 신을 닮으려는 유희를 벌인다. 그런 의미에서 그는 예술가이다.[20]

토마스 만은 이 강연문을 쓰기 전인, 1930년에도 요셉 소설을 통해 신화와 심리학을 접목시켜 신화의 심리학을 시도하는 것이 재미있을 것 같았다고 고백한 적이 있다. 하지만 이때 그는 신화와 심리학을 서로 거리가 먼 것으로 이해하려는 반지성주의적이며 경건한 척하는 사람들이 있음을 지적하는 것도 잊지 않았다. 이는 '요셉 소설'이 집필될 당시의 시대적 배경을 염두에 둔 표현이리라. 이와 관련하여 헤르만 쿠르츠케는 앞서 소개한 자신의 안내서에서, 토마스 만에게 신화 문제는 소설을 구상할 때부터 고민거리였다고 지적한다. 에른스트 블로흐의 『희망이라는 원리 *Das Prinzip Hoffnung*』 같은 저서도 있었지만 그것은 예외적인 것이었고, 당시 독일 상황에서는 자칫 잘못하면 토마스 만 자신의 신화 이해가 공화국 반대 세력에 힘을 실어주게 될 수도 있다고 생각했던 것이다. 당시의 분위기가 어떠했기에 이런 생각을 하게 된 것이었을까? 다음 단락에서는 이 질문을 다뤄보고자 한다.

---

20) 「프로이트와 미래」 중에서, 해설서 pp.126~135 참조.

작품에 흐르는
정신사적 배경과 주된 테마

정신사적 배경

독일에서 논의된 신화라는 테마

 토마스 만의 『요셉과 그 형제들』의 제1권 「야곱 이야기」가 출판된 1933년은 히틀러가 정권을 장악한 해이기도 하다. 그 바로 몇 해 전 1930년에는 나치즘의 대표적 사상가인 알프레드 로젠베르그 Alfred Rosenberg의 『20세기의 신화 *Der Mythus des 20. Jahrhunderts*』가 출간되었다. 이 선동적인 책에는, 뒷날 뉘렌베르그에서 열린 전범 재판에서 인종 간의 증오심에 불을 지른 원흉이라는 죄목으로 사형 언도를 받고 처형된 저자의 유대인과 기독교인, 그리고 볼셰비키에 대한 반감이 잘 드러나 있다. 그러므로 유대인과 슬라브 족을 증오하고 게르만 족의 부흥과 독일의 유럽 제패를 꿈꾼 히틀러와 의기투합한 것은 당연했다. 당시 독일인들이 히틀러를 일종의 메시아로 받아들이게 된 시대적인

알프레드 로젠베르그, 1893~1946.
1919년에 나치스에 입당한 후
1929년에는 〈독일문화를 위한 투쟁동맹〉
을 창설했다.

배경은, 안타깝게도 니체 Friedrich Nietzsche와 무관하지 않다는 사실을 지적하지 않을 수 없다.

> 독일 정신이 자신의 신화적 고향을 영원히 잃어버렸다고 믿지는 말라. 아직도 그 고향에 관한 노래를 들려주는 새소리를 분명하게 이해하고 있다면, 그렇게 생각할 필요가 없다. 언젠가 독일 정신은 이른 아침 그 끔찍한 잠에서 깨어날 것이다. 그렇게 되면 그것은 용을 죽이게 될 것이며, 못된 난쟁이들을 없애고 브륀힐데를 깨울 것이다 그리하면 보탄의 창이라 하더라도 그의 길을 막을 수 없으리라.[21]

여기서 신화를 만들어내는 힘의 거듭남, 곧 '새로운 신

---

21) 『음악의 정신에서 비롯된 비극의 탄생 *Die Geburt der Tragödie aus dem Geist der Musik*』(1871)의 마지막 페이지에 수록된 글.

화'라는 발상이 드러난다. 이 글에서 계몽의 탈신화화 시대는 '끔찍한 잠'이 되고 만다. 그러다 1914년의 선전포고는 많은 사람들에게 니체가 예견한, 잠에서 깨어나는 사건으로 받아들여지게 된다. 하지만 1918년, 1914년에 시작된 제1차 세계대전에서 독일은 패함으로써 연합국, 즉 '못된 난쟁이들'이 다시 한번 승리를 거둔다. 이러한 논리로 보자면, 1933년은 끔찍한 잠에서 두번째 깨어나는 것이 된다. 이때야말로 신화의 구원시대로, 메시아인 히틀러에 의해 세워진 제3제국이 바로 그것이었다.[22]

니체의 이 글이 리차드 바그너 Richard Wagner의 『니벨룽의 반지 *Ring des Nibelungen*』의 영향에서 쓰여졌다는 것은 아는 사람은 다 아는 사실일 것이다. 바그너는 이 오페라를 통해 게르만 신화를 재해석했다고 할 수 있다. 4일에 걸쳐 장장 15시간 동안 공연되는 이 서사 오페라의 첫날 공연되는 《라인 강의 황금》의 서곡은 라인 강의 기원, 또는 더 넓게 볼 때는 세상의 창조를 상징한다. 제1장 '라인 강의 바닥'에서 황금을 지키고 있는 요정들을 유혹하는 알베리히는 게르만 전설 '니벨룽의 노래'[23]에 등장하는 난쟁이다. '니벨룽의 노래'에서 난쟁이 알베리히는 니벨룽 족의 보물을 지키는 자로서, 라인 강 하구의 크산텐을 다스리는 지그

---

22) 헤르만 쿠르츠케의 『토마스 만의 '요셉 소설' 안내서』, p.165. 이하 안내서로 표기.
23) 이 이야기는 필자의 졸역 『세계의 전설 모음. 파우스트 박사』에도 수록되어 있다.

문트 왕의 아들인 지그프리트를 도와주고 그에게 사람들의 눈을 피할 수 있는 투명 모자까지 선사하는 인물이다. 그러나 바그너의 작품 『니벨룽의 반지』에서 이 알베리히는, 물의 요정들로부터 사랑을 부인하는 자만이 황금으로 세상을 지배할 수 있는 전능한 힘을 부여하는 반지를 만들 수 있다는 비밀을 전해 듣고 요정들이 지키고 있던 황금을 빼앗아 가는, 못생기고 음흉하며 악한 존재로 부각된다. 뿐만 아니라, '니벨룽의 노래'에 등장하는 브륀힐데와 지그프리트를 죽이는 하겐도 바그너의 작품에서는 색다른 배경을 안고 선보이게 된다. 아무튼 신화에 대한 이러한 재해석과 함께 그의 음악은 당시 19세기 후반기에 나온 신화 연구서 중에서 가장 중요한 저작인 니체의 『음악의 정신에서 비롯된 비극의 탄생』에 많은 영감을 준 것이 사실이다.

신화 연구와 관련하여 니체에 뒤이어 주목할 인물은 생의 철학자 루드비히 클라게스[24]이다. 낭만주의 시대에 시작된 신화라는 테마가 니체를 거치면서 큰 활력을 얻는데 중요한 역할을 했던 그는 1926년에 『니체가 심리학에서 거둔 성과 *Die psychologischen Errungenschaf ten Nietsches*』를 발표하기도 하는데, 그는 신화와 심리학을 결합시킬 수 없다고 생각한 인물이기도 하다. 이 점에 관해서는 토마스 만도

---

24) Ludwig Klages, 1872~1956. 또 다른 주요 저서로는 대지와 결속된 인간상을 보여준 『인간과 대지 *Mensch und Erde*』(1913), 그리고 데카르트식의 정신과 물질의 대립에 반하여 고대에 잘 알려져 있던 정신과 영혼과 몸이라는 삼분법을 수용하여 1929년부터 1932년에 걸쳐 세 권으로 발표한 『영혼의 적(敵)인 정신 *Der Geist als Widersacher der Seele*』이 있다.

지적한 적이 있다.[25]

토마스 만은 루드비히 클라게스는 물론이고, 신화라는 테마가 '일상적인 구호'로 자리잡는데 큰 역할을 한, 앞에서 소개한 알프레드 로젠베르그까지 포함하여 당시의 니체 해석자이자 신화를 연구하는 사람들의 대부분을 개인적으로, 혹은 형 하인리히를 통해 알고 있었다.[26]

에른스트 베르트람과 오스발트 슈프렝어 Oswald Sprenger, 슈테판 게오르게 Stefan George, 알프레드 뵈우믈러 Alfred Baeumler, 에른스트 블로흐, 칼 케레니 Karl Kerényi, C. G. 융 Carl Gustav Jung, 지그문트 프로이트가 이들이다.

이 이름들만 보더라도 신화라는 테마가 나치즘에 국한된 주제가 아니라는 사실을 알 수 있다. 신화 논의에서 나온 주요한 저서들은 거의 1933년 이전에 나왔다. 이 시기에 출간된 가장 중요한 책은 아도르노 Theodor Wiesengrund Adorno와 그의 프랑크푸르트학파 동료였던 호르크하이머 Max Horkheimer가 함께 쓴 『계몽의 변증법 *Dialektik der Aufklärung*』(1947년)이다. 나치즘으로 드러난 서구의 이성과 문명의 타락을 꼬집고 비판한 20세기의 이 명저로 그동안 사람들에게 익숙했던 상이 뒤집어진다. 당시만 해도 나치즘은 낭만주의의 전통을 따르는 비합리적인 신화로 받아들여지고 있었다. 그런데 아도르노와 호르크하이머는 나치

---

25) 1930년 3월 1일 한스 루드비히 헬트 Hans Ludwig Held에게 보낸 편지.
26) 안내서, p.165.

즘을 계몽 자체가 가져온 변증법적 귀결로 규정한 것이다.

계몽이란 주지하다시피, 아직 미자각상태(未自覺狀態)에서 잠들어 있는 인간에게 이성이라는 빛을 던져주어, 편견이나 미망(迷妄)에서 빠져 나오게 한다는 뜻이다. 근대의 계몽사상은 종교나 관습 혹은 자연의 주술에 얽매여 있는 인간을 해방시키려 했다. 루돌프 불트만 R. Bultmann이 탈신화화(Entmythologisierung)라는 새로운 성서 해석방법을 제안한 것도 이런 맥락에서 이해할 수 있다. 그는 현대인이 고대 신화에 따른 표상(表象)과 사고방식에 의해 표현된 신약성서의 진술에 거부감을 느낄 것을 염려한 나머지 이를 과학의 정신에 입각하여 현대의 상황에 맞게 해석해야 한다는 입장이었다. 그러기 위해서는 무엇보다도 신화의 권위를 비판하지 않을 수 없었다. 하지만 그는 다른 한편으로는 신화의 의미를 해석하는 작업이 중요하다는 사실도 강조했다. 그렇지만 '탈신화화'라는 개념이 신학의 영역 밖에까지 사용되면서, 흔히 신화의 권위에 대한 비판이라는 한 가지 측면에서 이해되기도 한다. 따라서 계몽하면 곧 탈신화화로 이어지고, 그것은 다시 신화의 권위 비판이라는 등식이 가능해지는 것이다.

아도르노와 호르크하이머의 『계몽의 변증법』에 관한 이야기로 돌아가 보자. 이 책은 한마디로 근대의 합리성, 도구적 이성, 달리 말해서 계몽에 대한 비판이다. 계몽이 신화를 비판하고, 탈마법화라는 이름으로 자연을 파괴하면서, 다른 한편 힘을 의미하는 지식이 자연과 인간을 지배하는 도구로 사용되는 사실을 비판하는 것이다. 그러나 신화 또한 이 비판의 대상이 된다. 신화 자체가 이미 고대에 있었던 계몽의 산물이라는 것이다.

위의 내용을 다른 말로 표현해 보자면, 계몽은 자연을 탈신화화하는 과정에서 새로운 신화를 만들어낸다고 할 수 있다. 그 새로운 신화의 자리에는 이전의 인간을 억압했던 종교나 관습 혹은 자연을 대신하여 물질 생산과 자본이 들어 올 수도 있으며, 경우에 따라서는 재해석된 신화(예컨대 공격성이 강조된 게르만 신화)가 등장하기도 한다. 결과적으로 계몽은 인간을 해방시키려던 본연의 의무에서 벗어나, 하나의 지배수단으로 보여지고, 신화는 이데올로기로 전락하는 것이다. 그리고 이 이데올로기는 지배세력이 대중을 자신들이 원하는 방향으로 몰고 가는 선동 수단으로 이용된다. 그 예가 바로 앞에서 언급된 니체의 글에서 드러났던 '새로운 신화'이다.

토마스 만은 니체로 소급되는, 낭만주의적인 신화 연구를 어느 정도까지는 인정한다. 그러나 니체를 출발점으로 삼고 '새로운 신화'의 탄생을 예견하는 자들의 의견은 받아들이지 않는다. 토마스 만은 이들을 나치즘의 선구자로 해석한 것이다. 이러한 거부는 『음악의 정신에서 비롯된 비극의 탄생』의 2판 발행을 계기로 니체가 보여준 자기비판, 즉 니체의 바그너 비판과 같은 맥락에 있다.[27] 니체는 1886년에 2판의 머리말에서 자신이 바그너의 음악을 토대로 독일의 본질에 관해 어처구니없는 말을 하는 심각한 실수를

---

27) 안내서, p.166.

에른스트 블로흐, 1885~1977.
주요 저서로는 『유토피아의 정신
Geist der Utopie』(1918),
『토마스 뮌쩌 Thomas Münzer』
(1921) 등이 있다.

저질렀음을 고백한다. 진실을 말하자면, 독일 정신은 지금 막 은퇴를 선언했으며, 바그너의 음악은 새로운 신화가 아니라 퇴폐라는 마취제에 지나지 않는다고 한 것이다. 토마스 만 역시 이러한 생각에서 파시스트들의 신화를 이성을 마비시키는 비합리적인 도취라고 평가했다.

그런 의미에서 토마스 만의 요셉 소설은 니체 대(對) 바그너라는 도식 속에서 읽힐 수도 있다. 니체 이후의 신화이론가들은 원칙적인 면에 있어서 더 이상 달라진 게 없다. 진보주의자에 가까운 신화이론가, 예를 들면 프로이트나 또는 에른스트 블로흐도 이 도식 속에 들어 온 인물들이다. 앞서 소개된 『희망이라는 원리』(1954/55)의 저자인 블로흐는 20세기 독일의 유명한 철학자 중의 한 사람으로 게오르그 루카치 Georg Lukács와 막스 베버, 아도르노, 발터 벤야민 Walter Benjamin, 베르톨트 브레히트 Bertolt Brecht와 가까운 관계를 유지한 인물이다. 여기서 열거한 이름들에서 짐작할 수 있듯이 블로흐는 좌파에 속하는 철학자로서 미래 철학의 정신에 입각하여 신화와 마르크스주의의 화해를 시도했다. 따라서 마르크스주의를 적대시하던 히틀러 정권이 들어선 1933년에 망명을 떠난 것도 놀라운 일이 아니다.

토마스 만은 1941년 9월 7일 칼 케레니에게 쓴 편지에서, 지성인이 앞장서고 있는 파시즘으로부터 신화를 빼앗아 신화가 휴머니즘을 위해 사용될 수 있도록 기능을 바꿔야 한다고 말한 적이 있는데,[28] 이러한 표현은 바로 블로흐에서 빌려 온 것이다.[29] 블로흐 또한 신화를 파시스트들의 손에서 빼앗으려 했다. 신화가 융의 경우에서처럼 불만스러운 현재를 잊게 하는 마약이 되어서는 안 되며, 사회주의 혁명의 예고여야 한다는 것이다.[30] 이러한 블로흐의 비판에 영향을 받은 토마스 만은 융에 대한 호감을 잃게 된다. 작가는 자신의 작품에 영감을 불어넣어 준 자들로서 파시즘에 추파를 던진 이들(예를 들면 융과 뵈우믈러 혹은 골드베르그)과의 관계를 더 이상 공개적으로 인정하지 않으려 했는데, 이는 '망명 생활에서 비롯된 결과'[31]이기도 하다. 하지만 토마스 만은 융의 연구를 요셉 소설을 쓰는 데 이용하기도 했다.

---

28) 해설서, p.201.
29) 만프레드 디르크스 Manfred Dierks, 『토마스 만이 보여주는 신화와 심리학에 대한 연구 Studien zu Mythos und Psychologie bei Thomas Mann』, München, 1972, p.260.
30) 에른스트 블로흐, 『이 시대의 유산 Erbschaft dieser Zeit』, 제3판, 1973, p.348 이하.
31) 안내서, p.167.

토마스 만은 앞에서 언급한 편지에서, 자신이 이미 오래 전부터 해오고 있는 작업도 바로 신화가 다시 휴머니즘을 위해 쓰이게 하는 것이라고 고백한다. 물론 이 작업이란 요셉 소설의 집필을 뜻한다. 이런 맥락에서 토마스 만의 요셉 소설은, '비합리적인 재신화화'보다는 지성주의에 입각한 '탈신화화'의 특성을 보여준다고 할 수 있다.[32]

독일에서 신화를 무조건 계몽에 반대되는 것으로 이해한 때가 있긴 했다. 이는 헤겔 좌파의 전통을 따른 것이라 할 수 있는데, 이를 신화처럼 복잡하고 미묘한 문제에 대한 적절한 판단으로 보기는 어렵다. 신화에 대한 학문적 연구가 시작된 것은 계몽시대였다. 예를 들면 헤르더[33]는 신화를 계몽을 위해 사용하려 했다. 그는 인간이 남긴 가장 오래된 문서들 속에서 태곳적 것이나 원시적인 것 혹은 야만적인 것을 찾으려 한 것이 아니다. 그가 찾고자 한 것은 바로 인간의 존엄성과 인간의 사명이었다.

그런데 계몽의 본질은 비판이므로, 자체 내에서 긍정적인 목표를 찾을 수는 없었다. 그런 까닭에 계몽은 탈신화의 과정으로 자신을 실현해야 할 뿐만 아니라, 신화로부터 흘러나오는 힘들을 어떻게든 자신에게 이롭게 이용하려는 욕구를 타고났다고 할 수 있다. 물론 이때 비합리성으로 빠져서는 안 된다는 단서가 붙는다. 이러한 입장에서 새로운 신

---

32) 'irrationalistische und remythisiernde', 'intellektualistische und entmythologisierende', 안내서, p.166.
33) Johann Gottfried von Herder, 1744~1803.

화학과 종합적인 구조를 갖는 하나의 새로운 종교를 요구한 인물이 바로 초기 낭만주의자 프리드리히 쉴레겔과 노발리스이다.

잘 알다시피 문학에서의 자유주의를 꿈꾼 낭만주의 문학이, 고전주의의 규범인 이성적 질서와 균형이 잡힌 형식미보다는 감성의 해방을 보여주고 상상력을 자극하는 전설이나 민담과 동화에 관심을 가지는 것은 당연한 결과였다. 그런데 독일의 전설과 민담과 동화 등을 정리하고 소개하는데 큰 역할을 한 인물이 바로 독일낭만파의 대표적인 문예이론가 쉴레겔[34]이다. 한편 노발리스[35]는 아예 전설에 등장하는 중세의 기사 시인을 주인공으로 내세워, 우리들에게 흔히 『파란 꽃』으로 알려져 있는 『하인리히 폰 오프터딩엔 Heinrich von Ofterdingen』(1802)을 쓰기도 했다.

19세기 초반에 낭만주의의 물결을 타고 신화 연구의 걸작들을 내놓은 인물들은 쉴레겔 외에도 요젭 폰 괴레스,[36] 게오르그 프리드리히 크로이쩌 Georg Friedrich Creuzer, 요한 아르놀드 칸네 Johann Arnold Kanne 등을 들 수 있다.[37]

나폴레옹이 "다섯번째 큰 적(敵)"이라고 말한 『라인의 메르쿠르[38] Rheinischer Merkur』를 발간했던 요젭 폰 괴레스를

---

34) (Karl Wilhelm) Friedrich Schlegel, 1772~1829.
35) Novalis(Hardenberg, Georg Philipp Friedrich Freiherr von), 1772~1801.
36) Joseph von Görres, 1776~1848. 뮌헨 대학의 사학과 교수인 동시에 새로운 가톨릭 운동의 핵심적인 인물이었다. 주요 저서로는 1842년에 탈고한 『기독교의 신비설(秘教說) Christliche Mystik』이 있다.
37) 안내서, p.164에 소개된 인물들.
38) Merkur는 로마 신화에 등장하는 신의 사자(使者)이다.

비롯한 후기 낭만파의 업적은 국민 의식을 고취하는 전설과 민요 수집이라 할 수 있는데, 그림(Grimm) 형제(야콥 Jakob과 빌헬름 Wilhelm)의 세계적으로 유명한 동화집 『어린이와 가정을 위한 동화 Kinder und Hausmärchen』를 중요한 성과 중의 하나로 꼽을 수 있다. 그리고 1835년에 나온 야콥 그림의 『독일 신화학 Deutsche Mythologie』과 요한 야콥 바흐오펜의 『모권 Mutterrecht』은 특히 신화 연구의 주목할 만한 저작들이다. 바흐오펜이 이 저서에서 모권 사회의 존재를 증명하기 위해 근거로 제시한 것이 바로 신화였다.[39]

그러나 신화연구가들 모두가 이들처럼 신화에 대한 관심을 이따금 진보적인 의식과 합칠 수 있었던 것은 아니다. 후기낭만주의 시대에는 계몽의 입장을 벗어나 복고적인 재신화화를 추구하는 저서들도 늘어났다.[40] 신화에 대한 상반된 감정의 공존을 보여주는 가장 좋은 예는 바로 앞에서 언급했던 바그너 음악의 발전사이다.

바그너가 48세의 나이에 『니벨룽의 반지』를 구상할 때만 해도, 그는 낭만적이고 무정부주의적인 사회유토피아를 노래할 생각이었다. 그런데 1848년 이후 다시 곡을 다듬은 후에는, 쇼펜하우어 Arthur Schopenhauer 철학의 영향으로 신화는 그에게서 사회 혁명적인 힘을 잃게 되고 역사를 개선하려는 모든 의도적인 행동의 반대편에 자리잡게 된다.

---

[39] 물론 이 점 때문에 모건 L. H. Morgan의 비판을 받기도 했다.
[40] 안내서, p.164.

이 바그너의 음악이 신화를 다룬 주요 저서들에 많은 영감을 주었고, 니체의 『음악의 정신에서 비롯된 비극의 탄생』이 한 예라는 사실은 이미 말한 바 있다. 그때까지 낭만주의의 신화연구가 희랍 신화를 등한시하고 동양 신화와 게르만 신화에 치중했다면, 니체는 이 책에서 희랍 신화의 거칠고 끔찍한 성격과, 쾌락과 방종이라는 특성을 부각시켰다. 이제 지금까지 여러 번 거론된 니체의 철학을 간략하게나마 살펴 볼 필요가 있다. 니체는 쇼펜하우어와 함께 토마스 만의 요셉 소설에 큰 영향을 준 철학자이기 때문이다.

니체의 철학

니체는 잘 알려진 대로 심리적으로 불안정한 인물이었다. 따라서 그의 저작이 여러 가지의 애매함을 담고 있고, 심한 경우에는 비논리와 모순을 보여주는 것도 그다지 이상할 것이 없다. 그러나 이를 그의 사상의 혼란성으로 이해해서는 안 된다. 설령 하나의 대상을 어떤 저작에서는 긍정

니체의 신화에 대한 연구는 토마스 만이 '요셉 소설'을 쓰는데 큰 영향을 끼쳤다.

해 극찬했다가, 다음 글에서는 이를 부정하고 강하게 배척했다 하더라도, 이는 하나의 사물을 여러 가지 시각에서 파악한 것에 지나지 않는다. 물론 이러한 상황이 니체의 철학을 이해하는데 어려움을 낳는 것은 사실이다. 이를 감안하여 니체의 철학을 시기별로 구분하여 3단계로 나눠서 이해하기도 한다.[41]

1872년의 초기 저서『음악의 정신에서 비롯된 비극의 탄생』으로 시작되어 바그너의 음악에 열광했던 시기를 제1단계로 구분한다. 그리고 1876년, 바그너와의 우정이 끝나면서 유명한 개념 '영원한 회귀(回歸) Die ewige Wiederkehr'를 구상한 시기를 제2단계라 할 수 있다. 그 다음 제3단계는 그가『짜라투스트라는 이렇게 말했다 *Also sprach Zarathustra*』를 쓰기 시작한 1883년—이는 1885년에 완성되었다—부터『선악(善惡)의 피안 *Jenseits von Gut und Böse*』(1886), 그리고『도덕의 계통학 *Zur Genealogie der Moral*』(1887)까지의 작품이 쓰여진 시기로, 1888년 니체의 정신 착란으로 막을 내린다.

제1단계에서 니체는 소크라테스 Sokrates 이전의 고대 희랍문화는 긍정하고, 소크라테스 이후의 문화는 잘못된 합리주의를 보여준다며 부정한다. 그런데 당시 독일문화가

---

41) 본문에 나오는 니체 철학사의 구분과 관련된 내용은, 코플레스톤(F. Copleston,『철학의 역사 *A History of Philosophy*』, volume 7, Modern Philosophy, Part II, Schopenhauer to Nietzsche, New York, 1963)의 구분을 수용한 柳亨植의『獨逸美學論』, pp.161~169를 참조했다.

바로 이 소크라테스 이후의 희랍문화와 유사하므로, 이를 시정하기 위해서는 비합리주의적인 바그너 음악의 힘이 필요하다고 주장한다. 그러다가 제2단계에 접어든 니체는 거꾸로 비합리주의적인 바그너의 음악을 비판하고, 합리주의적인 소크라테스를 비호하게 된다. 달리 말하면 과거 희랍문화의 시학으로부터 관심을 돌려서 현재의 과학에 치중하게 된 것이다. 또한 인간 생명에 적대적이라 하여 헌신 또는 자기부정이라는 기독교 모랄과 기독교의 이상 자체를 비판하는 때도 바로 이 시기이다. 그런데 이 시기를 지나 니체는 다시 한번 방향을 틀어 미래에 대한 비전을 제시하려는 노력을 기울이게 되는 제3단계로 들어서는데, 이때 그의 철학은 신화(Mythos)의 성격을 띠게 된다.

예를 들면 니체는 부정적인 고뇌의 세계를 '사일렌(Silen)의 지혜'라는 신화로 표현한다. 뭐든지 손으로 만지기만 하면 황금으로 변해버리는 미다스 왕이 사일렌으로부터 얻은 지혜란, 인간을 위한 최선은 인간에게 어차피 불가능한 것으로, 아예 태어나지 않는 것, 즉 존재하지 않는 것이요, 무(無, Nichts)로 돌아가는 것이라는 말이었다. 한마디로 세계 자체를 부정하는 발언인 셈이다. 이렇게 부정적인 고뇌의 세계를 만들어내는 원초현상을 니체는 "잔혹하고 무서운 세력 grausame furchtbare Mächte"이라고 말한다.

바로 이 세력을 인정한다는 점이 니체와 쇼펜하우어의 철학의 유사성이다. 그런데 두 철학자의 차이점은 이 원초현상에서 비롯된 '인생은 고뇌다'라는 근본 원칙을 어떻게 다루느냐에 드러난다. 쇼펜하우어의 경우 고뇌에 무릎을 끓는 반면, 니체는 고뇌를 극복하려 한다. 다시 말해서 고뇌를 수용하려 한다. 쇼펜하우어가 '항복'한다는 것은, 그가 말하는 '생명의 의지(Wille zum Leben)'라는 개념에서, 생명(즉 삶) 자체가 고뇌이므로 고뇌를 낳는 의지를 말살해야 한다는 것을 뜻한다. 하지만 니체는 두 가지 방법을 통해 '인생은 고뇌다'라는 근본 원칙을 극복하려 한다. 우선 그 첫째는 아폴로성(Apollo性)이며, 둘째는 디오니소스성(Dyonysos性)이다.

니체 철학이 쇼펜하우어 철학과 닮았다는 말을 했다. 세상을 바라보는 부정적인 시각, 이른바 허무주의 혹은 염세주의가 그것이다. 이것은 3단계로 나뉘진 니체 철학을 하나로 아우를 수 있는 개념이기도 하다. 한편 니체 철학과 쇼펜하우어의 철학을 서로 구별 짓는, '인생은 고뇌다'라는 근본 원칙, 즉 염세주의를 극복하려는 것 또한 니체 철학의 3단계가 보여주는 공통점이다.

지금까지 니체의 철학사를 3단계로 나눠, 각 단계의 특징과 세 단계의 공통점을 지적했다. 이제 그 공통점 중의 하나로 소개한 염세주의의 극복에서 주요한 원리로 등장하는 두 가지 원리, 즉 디오니소스성과 아폴로성을 간단히 살펴보기로 하자. 디오니소스성이라는 것은 개인과 일상, 사회와 현실을 벗어나 총체적인 '하나(Einheit)'에 이르려는 충동을 뜻한다. 이를 달리 표현하면 생(生)의 총체적인 특성을 인정하고 생을 긍정하는 것이라고 할 수 있으며, 또는 정열적으로 생의 아픔까지 끌어안으며, 어두운 곳, 충만한 곳, 둥둥 떠 있는 상태로 흘러 들어가려는 충동이라고도 말할 수 있다. 한편 아폴로성이라는 것은 온전히 '자신(Für-sich-sein)'으로, 즉 하나의 '개체(Individium)'로 존재하려는 충동을 의미한다. 그러나 이 두 가지 원리는 총체적인 하나에 이르고자 하는 염원을 공통분모로 가지고 있다. 다만 그 염원이 표현되고 전개되는 방식이 다를 뿐이다. 디오니소스성은 포괄적인 방식을 통해 총체적인 하나에 이르고자 한다. 여기에는 많은 가능성의 공존과 대립성의 극복이 포함되며 총체는 '모든 것이 함께 있는 것(alles zusammen)'으로 이해될 수 있다.[42] 한편 아폴로성은 많은 것들 중에서 한 가지를 끄집어내어 단일성으로 돌아가는 것을 그 방법으로 택한다. 여기에는 합리성과 개체성이 비중을 얻으며 복잡한 전체에서 분리한 부분이 자체적으로 완전한 것으로 이해된다.

 니체에게 아폴로성과 디오니소스성은 세상을 움직이는 두 가지의 신화적인 힘을 뜻한다. 예술의 발전과 인간 정신의 역동성을 위해서도 이 두 가지 원리는 필수적이다. 그러나 디오니소스성에 더 큰 비중을 두게 되면 무질서와 방종과 무절제가 생겨나며, 아폴로성에 무게가 더 실리면 편파성과 경직과 불모를 낳게 된다. 후자의 예를 니체는 19세기

---

[42] 니체, 『힘의 의지 *Der Wille zur Macht*』, Stuttgart, 1996, p.683. 여기서 '하나'로 번역된 'Einheit'라는 단어는 흔히 '통일성'으로 번역되기도 한다.

예술과 인문과학에서 발견했다. 오로지 이 두 가지 원리의 균형이야말로 신화적 사고에 다시 활력을 불어넣을 수 있으며 그렇게 할 경우 삶도 생기를 얻게 될 것이라는 것이 니체의 생각이었다.[43]

지금까지 간략하게 더듬어 본 니체의 철학을 토마스 만이 이 요셉 소설에서 어느 정도 수용하고 비판했는가 하는 문제는 이 글의 범위를 벗어난다. 하지만 작가가 니체의 철학을 어떻게 평가했는지 잠깐 살펴본다면, 요셉 소설을 이해하는 데 도움이 될 것 같다.

토마스 만은 니체가 두 가지 실수를 범했다고 말한다. 그 한 가지는 "이 땅에서 본능과 지성이 맺고 있는 세력 관계에 대한 오인"이다. 니체는 언뜻 보기에 우세한 것 같은 정신으로부터 삶을 구원하려고 하지만, 토마스 만 자신은 나치즘을 겪고 보니, 본능은 뿌리 뽑을 수 없는 원리로서 오히려 정신과 도덕을 지배하고 있다는 사실을 깨달았다는 것이다. 이어 토마스 만은 "윤리는 삶의 명제이며, 도덕적인 인간이야말로 진정한 삶을 살아가는 시민"이건만 니체는 삶과 도덕을 상호 대립관계로 보는 또 다른 실수를 저지르고 있다고 말한다.

토마스 만의 이러한 비판을 근거로, 작가가 니체 개인에게도 화살을 겨냥했다고 생각할 수는 없다. 작가가 니체를

---

43) 이렇게 본다면, 우리들에게 디오니소스성과 아폴로성이라는 두 원리는 그다지 낯선 것이 아니다. 동양사상의 음양이라는 개념과 닮은 구석이 엿보이기 때문이다.

가리켜 "비도덕주의의 성자(聖者)"라 부른 점만 보더라도 그렇다.[44]

니체는 신체적, 정신적 고통[45]에 오히려 더 큰 자극을 받고 천재성을 발휘한 인물인 동시에 이러한 질병으로 말미암아 더욱 깊은 낭떠러지로 떨어진 것도 사실이다. 그런 점에서 니체의 불행한 운명은 토마스 만에게 인간이라는 존재가 안고 있는 비극을 보여주는 표본이라 할 수 있다.

신화의 개념

지금까지 신화를 둘러싼 논의와 함께 신화 연구에서 빼놓을 수 없는 니체의 철학까지 간략하게 훑어보았다. 그럼에도 우리에게는 신화란 과연 무엇인가 하는 물음이 여전히 남아 있다. '신화'라는 단어는 이야기를 뜻하는 그리스어의 'mythos'에서 유래한 말인데, 이야기의 주인공들은 태고 문화의 신과 영웅들이다. 그런데 문화는 지구상에 하나만 있는 것이 아니므로, 그 숫자만큼이나 많은 신화들이 존재한다. 게다가 신화의 구조와 성격도 복잡한 까닭에 한마디로 신화가 무엇이라고 정의를 내리기는 어렵다. 하지만 세상에 존재하는 만물의 기원을 들려주는 이야기들이

---

44) 토마스 만, 『우리의 경험에 비춰 본 니체의 철학 *Nietzsches Philosophie im Lichte unserer Erfahrung*』, Berlin, 1948, pp.27~31 참조.
45) 어린 시절부터 앓은 편두통, 1870년 프로이센 프랑스 전쟁에 지원하여 위생병으로 종군하여 얻은 하복통(下服桶), 그리고 십여 년 간 그를 괴롭힌 정신병. 니체는 한마디로 환자였던 것이다.

많이 있으므로, 일단 신화를 창조에 관련된 설화라 말할 수 있을 것이다. 이 경우 신화는 이야기로 들려주는 세계에 대한 해석이라는 규정이 가능해진다. 그런데 이야기를 의미하는 'mythos'라는 단어가, 논리적인 사고 내지 그 결과의 언어적 표현인 로고스(logos)의 상대어라는 이유로, 신화를 꾸며낸 단순한 이야기로 간주해서는 안 된다.

신화의 진실성은 실제로 존재하고 또 발생하는 여러 가지 사물과 현상으로 증명된다. 이를테면, 우주 창조 신화의 진실성은 세계가 현존하는 것으로써 증명되며, 죽음의 기원에 관련된 신화는 죽음이라는 사실에 의해 그 진실성이 입증된다. 하지만 신화에서 개념적인 성찰이나 이론적인 체계를 찾을 수 없다는 것도 사실이다. 그럼에도 불구하고 신화는, 합리성에 이르기 전의 문화단계로 이해될 뿐만 아니라, 세상과 인간의 본질을 파악하는 독특한 인식 수단으로 이해되기도 한다. 말하자면 신화는 합리성을 뛰어넘는 표현 형태인 셈인데, 개념을 뛰어넘는 것을 상징과 비유로 들려주는 것이다. 플라톤 또한 말로 표현할 수 없는 것을 암시하고 그것을 묘사하기 위해 신화로 말하지 않았던가.

이 대목에서 짚고 넘어가야 할 것이 있다. 신화와 학문의 관계가 그것이다. 인식이라는 문제를 놓고 보면, 신화의 인식은 감각을 통해 인지하는 구체적인 인식이라는 점에서, 개념을 통해 추상화하는 학문과 대립된다고 할 수 있다. 하지만 학문 또한 신화라고 말할 수도 있다. 아무리 추상적인 학문의 체계라 하더라도, 하나의 이야기로 이해될 수 있다는 점에서 그러하다. 인간에게 두려움을 느끼게 하는 자연과 삶의 수수께끼에 이야기를 통해 이해 가능한 하나의 질서를 부여하는 것이 신화라면, 학문 또한 한 대상을 이해할 수 있도록 개념들을 엮어서 설명하는 이야기이기 때문이다.

여러 문화의 각기 다른 신화들이 보여주는 또 한 가지의 공통점은 바로 현재에 미치는 구속력이다. 이 점은 신화에 나오는 조상의 행동을 그대로 고수하며 현재의 삶을 신화로써 정당화하는 뉴기니의 카이 족의 생활방식에서 그대로 드러난다. 그리고 이는 신화 속의 사건을 현재 일어나는 사건의 원형으로 바라보는 시각에서도 확인할 수 있다.

이런 의미에서 신화는 '태초에 일어난 사건을 지금 이 순간으로 불러내는 것'[46]이 된다. 옛날에 카인이라는 자가 자신의 형제인 아벨을 때려죽였다. 바로 이 사건에서 카인과 아벨에 관한 신화 같은 이야기가 생겨나서 나중에는 이와 유사한 모든 경우에 적용되는 원형으로 자리잡게 되는 것이다. 그래서 누군가 형제를 죽이게 되면 그는 카인의 태초의 행위를 현재에서 재현하는 셈이 된다. 요셉 소설의 경우 에사오는 속임수를 이용하여 자신의 축복을 훔쳐간 동생 야곱을 죽이려 하는데, 그래서 화자는 이들의 관계를 카인과 아벨의 관계가 현재에 재현되는 것으로 본 것이다.

이렇게 볼 때 신화는 일어날 수 있는 모든 상황의 원형을 제시해 준다고 할 수 있다. 따라서 어떤 일이든 최초에 있었던 사건의 반복인 셈이다. 그러므로 어떤 것을 이해한다

---

46) 안내서, p.24. (이와 관련하여 앞으로 들려줄 이야기는, 특기가 없을 경우 같은 책의 pp.24~27에 수록된 내용을 간추린 것임.)

는 의미는 그 상황에 맞아떨어지는 태초의 사건을 발견한다는 것과 같다. 그렇다면 유다에 의해 은 30에 팔리는 신약성서의 예수는, 형들의 손에 팔린 구약성서의 요셉이라는 인물의 반복이라 할 수 있다. 그리고 돌로 막아둔 예수의 무덤 또한 요셉이 내던져진 우물의 반복이며, 예수의 부활은 미디안 상인에 의해 요셉이 구조되는 상황의 반복인 셈이다. 이처럼 모든 삶이 이미 주어진 원형의 반복이라고 전제하면, 신화를 바탕으로 한 사고는 시간을 알지 못하게 된다. 모든 것이 영원한 현재가 되는 것이다.

토마스 만은 바로 이 무시간성 속에 하나의 시간 요소를 삽입하여 인류사의 진보를 더듬어보려고 한다. 삶은 반복이긴 하지만, 이따금 그 반복은 이전보다 높은 차원에서 이루어지기도 한다. 이 경우 상황이 좋으면 보다 풍요로운 정신과 초월성을 얻게 되고 보다 영적인 문명의 단계로 나아가기도 한다. 달리 말하자면 태초에 있었던 행동을 그대로 따라하는 것이 아니라, 그 행동을 말로 인용하게 되고, 사건을 판박이처럼 모방하지 않고 그 표식으로 대신하게 되며, 폭력 사용 또한 그에 대한 단순한 암시로 바뀌어 실제적인 공격성이 상징적인 공격성으로 바뀌는 것이다.

예를 들어 설명하자면 인류는 화가 난 신의 심기를 달래기 위해서 처음에는 인간을 제물로 바쳐야 했다. 그러나 인류가 진보하여 문명을 이룩하자 이 인간 제물은 짐승 제물로 바뀌게 된다. '구원 Er-lösung'이라는 단어가 지닌 원래의 의미는, 신에게 담보물로 바치게 되어 있는 첫 소산을 도로 찾는다는 뜻이다. 아브라함이 바로 그 예를 보여준다.

그는 신에게 자신의 아들 이사악을 제물로 바치려 하지만 신은 마지막 순간에 숫양을 보낸다. 요셉의 형들도 마찬가지다. 그들은 요셉의 화려한 옷을 어린양의 피로 적신다. 그 피 묻은 옷이 야곱에게 요셉의 죽음을 대신 전해 줘야 하는 것이다. 그리고 예수의 죽음은 미사에서 반복적으로 상기되며, 빵과 포도주는 살과 피를 대신한다.

이처럼 피를 흘리는 행위를 재현하지 않고 그 표식으로 대신하는 것, 즉 신화에 보다 영적인 성격을 부여하는 것이야말로 인간의 풍습이 결정적인 진보를 이뤘음을 보여주는 증거인 것이다. 토마스 만이 요셉이라는 인물을 통해서 보여주는 인간의 풍습 또한 대단히 진보한 상태이며, 그곳의 신화를 바탕으로 한 사고는 높은 단계에 이르러 있다. 이곳의 인간은 휴머니즘에 입각하여 유머를 지니고 태초의 신화적 각인을 다루는 방법을 이미 배운 사람이다. 그러나 이러한 진보만 있는 것은 아니다. 야만적인 신화의 단계로 퇴보하는 경우도 있다. 토마스 만은 나치즘을 그 예로 보았다. 작가의 이러한 생각은 이사악의 임종 장면에도 잘 암시되어 있다.

"인간과 아들을 대신한 아버지인 그 짐승을 우리는 먹었노라. 그러나 인간과 아들이 짐승과 신을 대신하여 도살될 날이 있으리니, 너희는 그것을 먹게 될 것이니라. 이 말은 거짓이 아니니라."(제1권, 4부 도주, 태초의 양 울음소리, p.311)

헤르만 쿠르츠케가 자신의 안내서에서 인용한, 위와 같

은 소설의 한 대목 외에도, 나치즘을 토마스 만이 어떻게 평가했는지를 알 수 있는 보다 확실한 자료가 있다. 그것은 그가 1934년 9월 13일, 『토마스 만의 삶과 작품 *Thomas Mann. Leben und Werk*』(1947)의 저자인 페르디난드 리온 Ferdinand Lion에게 쓴 편지이다. 거기서 토마스 만은 이른바 나치즘이라는 것은 유럽의 정신과 그 풍습 수준에서 떨어져 나왔을 뿐 아니라, 즉 "자유주의"와 "서방 민주주의"의 대립물로 전락했을 뿐만 아니라, 아예 "문명 자체에 반대되는 것"이라고 말한다. 이를 감안한다면, 죽음을 앞두고 아직 문명에 이르지 못한 신화, 다시 말해서 태초의 불결한 상태로 떨어지는 이사악의 발언이, 메시아로 받아들여지기도 한 히틀러에 의해 자행된 유대인 학살을 연상시키는 것도 무리가 아니다.

테마

토마스 만과 아시아

토마스 만은 아시아를 어떤 시각으로 바라보았을까?

느닷없이 이런 질문을 던지게 된 데는 나름대로 까닭이 있다. 토마스 만의 요셉 소설을 두고 "아시아주의와의 투쟁" 운운하는 사례가 있기 때문이다. 본론으로 들어가기 전에, 지금까지 유럽인들이 다른 대륙과 그곳에 사는 사람들을 대체적으로 어떻게 이해해왔는지 살펴볼 필요가 있다. 유럽인에게 부각된, 다른 문화권에 속한 사람들을 유형별로 살펴보면 크게 세 가지로 나눌 수 있다. '야만인, 이국인(異國人) 그리고 이교도(異敎徒)'가 그것으로, 이 범주들은 각각 이에 해당되는 사람들에 대한 공격적인 정책의 합리화 수단으로 이용되거나, 또는 그와는 정반대로 유럽 내부에 대한 비판의 맥락에서 이들을 유토피아에 사는 사람들이라는 식으로 미화시키는 데 이용되기도 했다.

  만일 요셉 소설이 아시아주의와의 투쟁에서 '이성적인 자기주장'으로 승리를 거두었다고 한다면, 여기서 '아시아주의', 혹은 '아시아적인 것'은 기필코 꺾어야 할 대상이었음을 확인할 수 있다. 그렇다면 과연 '아시아적인 것'이 무엇인가 하는 질문이 제기된다. 다음의 인용문은 이 물음에 대한 하나의 답을 제공해 준다.

> 『마의 산』에서와 마찬가지로 요셉 소설에서도 '아시아주의'에 저항하는 이성의 투쟁을 보여준다. 다시 말하면 이는 **사막**과 **야생**에 대항하는 문명의 투쟁이며,…… 또 달리 표현하자면 **디오니소스성**에 대항하는 **아폴로성**의 투쟁이라고도 할 수 있다.

  여기서 보면 아시아주의와의 싸움은 사막과 야생으로 대변된 자연적인 것에 대한 문명의 투쟁이 되고, 디오니소스성과 싸우는 아폴로성의 투쟁이 된다. 다시 말해서 아시아적인 것은 곧 디오니소스성과 동격이 되는 것이다. 헤르만 쿠르츠케의 이런 주장은 토마스 만이 인용했던 니체의 글이 뒷받침해 주고 있다.

> 아폴로처럼 된다는 것은 무서운 것과 다양한 것, 알지 못하는 것, 끔찍한 것을 원하는 자신의 '의지'를, 절제와 단순함과 규칙과 개념 안으로 끌어들여 정돈하려는 '의지'가 만나 굴절시키는 것을 뜻한다. 의지의 밑바닥에는 무절제와 사막과 아시

아적인 것이 깔려 있다. 그리스인의 용기는 자신의 아시아주의와 싸운다는 데 있다. 아름다움은 그리스인에게 그저 선사된 것이 아니다. 논리도 마찬가지이며 풍습의 자연스러움도 마찬가지이다. 아름다움은 정복한 것이며 의도한 것이요 투쟁으로 얻은 것이다. 그것은 한마디로 승리인 것이다.

헤르만 쿠르츠케의 말처럼, 비합리주의자의 신화 개념을 반대하기 위해 토마스 만이 니체의 이 글을 인용하여 '아폴로성' 개념을 부각시킨 것은 사실이다. 여기서 토마스 만이 아폴로성과 디오니소스성의 관계를 어떻게 이해했는가 하는 문제는 일단 뒤로하자. 그리고 헤르만 쿠르츠케가 아폴로성을 이성(혹은 오성)으로 동격화하고, 아시아적인 것은 아폴로성과 대치되는 디오니소스성으로 해석하는 것까지도 일단 수용하자(사실 아폴로성만 하더라도 오성 철학인 소크라테스 철학에서라면 몰라도, 니체 철학에서도 곧 이성을 뜻한다고 할 수 있는지는 의문이지만).

하지만 그래도 납득이 되지 않는 부분이 남는다. 그건 니체 철학에서 과연 아폴로성과 디오니소스성이, 헤르만 쿠르츠케가 전제하듯이, 서로 싸워서 상대방을 이겨야 하는 상극(相剋)의 개념인가 하는 점이다. 어쩌면 이 두 개념을 상생(相生)의 관계에 있는 것으로 보는 게 더 옳지 않을까? 니체가 이원론에서나 가능한 '변증법'이라는 표현 대신에, 아폴로성과 디오니소스성 사이의 '중복성(Duplizität)'이라는 말을 사용한 것이 바로 이러한 추측을 뒷받침해 준다고 말하면 지나친 비약일까?

아폴로성과 디오니소스성의 '중복' 관계란, 아폴로성이 아들이라면 디오니소스성은 엄마이며, 아폴로성이 낮이라면 디오니소스성은 밤, 그리고 아폴로성이 실재(Sein)라면 디오니소스성은 무(Nichts)라는 뜻이다. 다시 말해서 엄마가 아들을 잉태하고, 밤이 낮을 출산하며, 무(無)가 실재를 탄생시키고 디오니소스성이 아폴로성을 창조하는 관계가 된다는 것이다. 그런데 어떻게 이 두 원리를 오로지 적대적인 관계로만 파악할 수 있겠는가?

 이제 처음의 질문으로 돌아가자. 토마스 만은 아시아를 어떻게 바라보았을까? 헤르만 쿠르츠케의 견해처럼, 그에게 아시아적인 것은 싸워야 할 대상이었던가? 토마스 만은 다음과 같이 말한 적이 있다. 『마의 산』을 쓸 때는 어느 정도 의학자와 생물학자가 되었듯이, 요셉 소설을 쓸 때는 동양학자요, 신화연구가와 고대 역사를 연구하는 학자가 되었다고. 그렇다면 적을 알기 위해 동양학자 흉내를 냈다는 것일까? 이 질문에도 선뜻 고개를 끄덕일 수 없다. 그러기에는 토마스 만이 동양을 바라보는 시각은 너무도 호의적이기 때문이다.

 여기서 토마스 만이 1930년 5월 18일에 행한 강연 「정원에 있는 나무들」을 살펴볼 필요가 있다. 두 그루의 나무에 얽힌 동양의 신화는 소설 속에서 요셉의 대사로 등장하기도 하는데, 강연에는 다음과 같은 대목이 있다.

> 올리브 나무는 생명의 나무이며 태양의 성물(聖物)이다. 한마디로 이 나무는 태양의 원리로서 남성과 정신과 맑음 그리고

거룩함과 의지와 신뢰와 결합되어 백성들을 고통과 불안에서 벗어나게 해주며 그들에게 웃음과 위로를 준다. 그리고 무화과 나무는 죽음의 나무이다. 곧 인식과 구별 그리고 성이라는 개념과 연결되는 이 죽음의 나무는 동시에 달의 나무이기도 하다. 달의 마법이 지배하는 밤의 세상, 풍요로운 생식력과 관능이 살아 숨쉬는 심연으로부터 이 나무는 태양의 나무가 줄 수 없는 또 다른 축복을 내린다. 이 두 나무 중에서 어떤 나무가 으뜸인가 하는 질문, 즉 태양이 더 거룩한지 혹은 달이 더 거룩한지에 관한 물음은 옛날에도 그러했고 오늘날까지도 모든 사람들의 종교적 관심사가 되고 있다. 이에 대한 대답에 따라 사람들의 세계관과 사고방식도 달라지는 것이다.

그런데 서양의 경우 제우스를 섬기는 그리스인의 등장 이래, 그리고 기독교의 출현 이후 신앙과 종교성의 문제를 살펴보면 주로 태양의 원리, 밝은 의지와 자유 그리고 판단과 행동의 세상에 호의를 보여온 것은 의심의 여지가 없다. 따라서 달의 원리를 신격화하는 것, 즉 어머니 같은 존재, 풍부한 감성과 수동적인 것은 흔히 아시아적인 것으로 어리석고 야만적인 것이라고 비난하는 경향이 짙다.

이 발언에 깔린 뉘앙스는 토마스 만이 아시아를 바라보는 시각을 조금 암시하는 정도라고 한다면, 다음은 이를 보다 명확하게 보여준다고 할 것이다.

이제 독일은 괴테의 서거 100주년 기념식을 거행하려고 한다. 우리는 보다 많은 빛의 전설(Mehr-Licht-Legende)이라는 김빠진 전설의 의미와 정신에서 이 기념식을 행하지는 않을 것이다. 이 위대한 전인적인 인간은 계몽주의자가 아니며 이성의 총아도 아니었다. 그는 자신이 정령(혹은 혼령)에 복종한 사람이라고 느꼈고 정령을 숭배했다. 그런데도 세상 사람들이 그를 생명이 진정으로 사랑한 총아라고 신격화하는 이유는 무엇인가? 그것은 그가 야곱의 축복(아들 요셉에게 내린—저자)에 표현된, 하늘에서 내려오는 축복과 아래의 심연에서 올라오는 축복을 받은 자였기 때문이다. 그는 어머니들에게 이르는 길을 알고 있었다.…… 그러나 그는 정신과 영혼, 정신과 감성의 이원론을 분명히 병적인 것으로, 우울증 환자의 소치로 간주하여 거부했을 것이다. 그는 모든 예술가가 처음부터 그러하듯이 이 두 가지의 대립에서는 벗어난 인물이었다.…… 예술이란 생명과 정신이 함께 있는 것이다. …… 예술은 생명에 정신을 불어넣는 것이며 생명이 정신을 필요로 한다는 믿음이다.

위의 글은 토마스 만이 헤르만 쿠르츠케의 구분에서 서구의 합리적인 정신(이성)을 대표하는 아폴로성에 대비되는 아시아의 디오니소스성(감성)을 배척해야 할 대상으로 이해하지 않았음을 잘 보여준다. 토마스 만에게 아시아는 오히려 감탄의 대상이었다. 특히 신화 속에서 인간의 본질을 찾으려고 시도한 요셉 소설에 관한 한 더더욱 그러했다. 그는 자신이 요셉 소설에 실현한 것이 이미 동양의 신비주의에 표현되어 있는 것을 발견하고 경탄한 적도 있다. 그리고 그 느낌을 다른 사람에게 알리기도 했다.

그 배경을 잠깐 더듬어 보면 이렇다. 토마스 만은 요셉 소설 집필을 위해 두번째 답사 여행을 떠났다. 이집트의 룩소르와 카이로 그리고 팔레스타인을 여행하는 동안 틈틈이 책을 읽었고, 그중 두 권에서 감명을 받았다. 그중 하나가 바로 『황금꽃의 비밀 Das Geheimnis der goldenen Blüte』이다. 이 책은 리차드 빌헬름 Richard Wilhelm이 당나라 때의 선사(仙師) 여동빈(呂洞賓)의 가르침을 기록한 『태을금화종지(太乙金花宗旨)』를 번역한 것이다. 그런데 그 역서에 머리말을 써 준 사람이 바로 융이었다.

융은 일종의 심리학적 해설이라고 할 수 있는 그 서문에서 '주체와 객체가 서로 구분되지 않는, 원시의 잔재'라는 표현을 사용했는데, 바로 그것이 토마스 만에게 놀라움과 기쁨을 안겨다 준 것이다. 그건 자신이 요셉 소설에서 실현하고 있는 발상이 아닌가! (요셉의 스승 엘리에젤을 떠올리면 될 것이다.) 그는 프랑스의 철학자이자 사회학자인 레비 브륄 Lévy Bruhl이 사용한 개념으로는 '신비적 분유(神祕的分有, participation mystique)'가 되는 그 표현을 발견한 순간 어느새 거기에 빨려 들어갔다고 고백한다. 아니 그의 말을 직역하자면, 그 문제를 받아들이는 자신의 피부가 몹시 얇아서 어느새 그것들이 피부를 뚫고 들어왔다고 한다.

그런데도 요셉 소설이 아시아주의와의 투쟁을 보여준다고 말할 수 있을까? 굳이 무엇과 싸워야 한다는 발상을 고집하자면, 파시스트들의 손에서 신화를 빼앗아 신화가 휴머니즘을 위해 사용되도록 하려고 이 소설을 썼다는 토마스 만의 발언을 떠올리게 된다. 여러 군데에서 이런 이야기를 반복하기 때문이다. 이 경우에도 파시스트들 모두가 '아시아주의'에 빠져 있다고 전제하지 않는 한, 헤르만 쿠르츠케의 해석은 무리가 있어 보인다. 다만 그 배경은 짐작해 볼 수 있다.

우선 헤르만 쿠르츠케는 가톨릭 신학을 공부한 독문학자이다. 그래서 누구보다도 요셉 소설이 독일에서 수용되는 과정에서 교회가 어떤 태도를 보였는지, 그리고 왜 그랬는지 그 이유도 잘 알고 있는 게 분명하다. 그래서 그는 '제3제국'이 끝난 후에 교회를 지배한 것이 이데올로기의 부재였고 많은 기독교인들이 이 소설을 기독교 신앙에 해로운 것으로 여기기도 했다는 사실까지 인정한다. 물론 보다 지성적인 신학자들과 성직자들이 얼마나 이 소설에 호의적이었는지도 밝힌다. 유명한 신학자 칼 바르트 Karl Bart의 개인 조교를 지냈고, 현재 독일 괴팅엔 대학의 신학 교수이며 우리 독자들에게도 『의심을 넘어서』(예영커뮤니케이션, 1996)의 저자로 잘 알려진 에버하르트 부쉬 Eberhard Busch 박사도 이 부류에 속한다. 오랜만의 통화에서 토마스 만의 소설을 번역한다고 했을 때, 대뜸 '오, 요셉!'이라고 외칠 만큼 이분도 작가의 최고 걸작인 이 대하소설의 애독자이다. 이 자리에서 구태여 이런 이야기를 하는 것은, 이 소설이 오늘날까지도 기독교인들의 사랑을 받고 있다는 점을 강조하고 싶어서이다. 이왕 내친 김에 소설의 또 다른 기독교적인 테마인 성부(聖父)를 살펴보고자 한다.

성부(聖父) 혹은 부권과 모권의 관계

 우선 이집트의 신 우시르를 기억해 보는 것이 좋겠다. 그는 동생 세트에게 죽음을 당하고 몸이 갈기갈기 찢긴 자이다. 물론 그후엔 다시 살아난다. 이 대목에서 십자가에 매달렸다가 무덤에 묻힌 후 다시 부활한 예수를 떠올리는 것은 당연하다. 하지만 예수는 인간이 아니었던가라고 고개를 갸웃거릴 수도 있을 것이다. 그럼 다음과 같이 되물어보는 것도 좋을 듯하다.

 '과연 우시르는 신이기만 했을까? 어쩌면 동생에게 왕위를 뺏긴 우시르라는 인간이 있었던 건 아닐까?'

 또는 거꾸로 이렇게 물어볼 수도 있을 것이다.

 '신을 발견한(!) 아브라함은 순수한 인간이기만 했을까?'

 아무도 신의 본성을 알지 못했는데, 어떻게 그만이 알아내어, 신이 기뻐서 웃게 만들 수 있었을까? 아브라함 안에 그분을 알 수 있는 그 무엇이 들어 있지 않고서야 말이다. 그럼 그건 신을 알 수 있는 신성이 아니었을까……

 '인간에게 신성이 있다고 한 건 부처도 마찬가지 아닌가? 불성(佛性)이라고 표현했지만, 같은 뜻이 아닌가? 육신에만 매달려 있는 속박을 벗어나 해탈의 경지에 이르는 것이 부처의 경지라면 그게 신의 상태와 뭐 그렇게 다른가?'

 이런 질문이 가능하긴 하지만, 그건 달라도 많이 다르다! 적어도 토마스 만이 그려내는 아브라함의 신은 해탈 같은 건 모른다. 자기가 누군지 너무 궁금해서 자기를 알아보려고 인간을 만든 게 바로 그 신이다. 자신의 모습을 본떠서 만든 거울상을 통해 자신을 인식하려고 한 것이다. 이는 천사들의 생각을 엿들었다는 작가의 변(辯)이다.

작가가 요셉을 탐무즈와 길가메쉬 그리고 마르둑, 그리고 우시르와 같은 유형으로 보았다는 것은 앞에서 언급했다. 그런데 우시르를 예수와 연결시킬 수 있다면 요셉 또한 훗날에 등장하는 예수와 이어지게 된다. 예수를 낳은 사람은 성모 마리아인데, 요셉을 염두에 둔다면 성모는 라헬이 된다. 소설에서 라헬의 출산이 마리아와 마찬가지로 처녀출산으로 여겨지긴 한다. 또 유다가 은 30에 팔아먹은 예수와 은 20세겔에 형들이 팔아치운 요셉! 이 정도면 작가의 의도가 제대로 그려진 게 아니겠는가? 그럼 성부는 자연스럽게 아브라함의 자손 야곱과 연결된다.

우선 다말을 기억해 보자. 유다의 며느리였다가 결국엔 아내가 되는 다말. 그녀는 대단한 정신적 유산을 물려받은 가문의 일원이 되려는 일념에서 시아버지에게 몸을 파는 것도 서슴지 않은 여성이었다고 했다. 그녀가 그럴 수 있었던 것은 야곱의 감화력이 그만큼 컸기 때문이라고 작가는 표현했다. 그녀는 자신에게 세상 이야기를 들려주는 야곱을 볼 때면, 문득 세상을 창조하던 신도 아마 꼭 야곱처럼 생겼을 거라고 생각했다. (제5권, 5부 다말, 세상을 배우는 다말, p.446)

야곱의 모습을 신처럼 느낀 건 다말뿐이 아니다. 요셉이 결정적인 순간에 안방마님의 유혹을 뿌리치고 나올 수 있었던 것도 바로 이 아버지의 얼굴이 떠오른 덕분이다. 물론 아버지보다 더 강한 인상이지만, 기본 윤곽은 아버지 야곱

다말이 야곱을 보면서 떠올린
신의 모습이 이와 같지 않았을까?

과 일치한 그 얼굴은 성부의 얼굴이었던 셈이다. 여기서 이와 관련된 헤르만 쿠르츠케의 설명을 대략 간추려 보겠다.

작가는 기독교를 모권에서 벗어나 부권으로 넘어간 종교로 본다. 어머니에게 매인 종교는 그에게 원시 종교이다. 소설의 요셉이 살던 세상에서 모권의 지배를 받는 것들은 이집트와 가나안과 고대 바빌론과 고대 그리스 신화이다. 모권시대는 선사시대 태초의 혼란을 뜻하는데 그 특징은 시간의 정지와 난혼(亂婚)과 동성애, 어머니와 누이와의 성적 결합과 아버지 살해, 그리고 넓게는 에로틱의 세상이다. 또는 쇼펜하우어의 표현을 들자면, 표상(表象, Vorstellung)에 상반되는 의지(意志, Wille)의 세상이다.

여기서 벗어나 부권이 지배하는 세상은 요셉 소설에서 미래에 속하는 것으로서 그 특징은 정신과 이성과 진보, 금욕과 개체화와 여성으로부터 권력을 박탈하는 것이며, 다시 쇼펜하우어의 용어로 말하자면 표상의 세상이다. 따라서 이러한 세상에 걸맞는 종교는 단연 아버지 신을 섬기는 유대교, 혹은 기독교이다.

요셉의 사고에서 이 종교는 모권이 지배한 세상으로부터 해방된 상태를 뜻한다. 즉 토마스 만의 세계관은 기독교에 모권세계의 특징을 철저히 배제한다. 여기에는 페미니즘이라거나, 에로틱이 비집고 들어갈 자리가 없다. 기독교 신앙은 한마디로 금욕이기 때문이다. 성욕을 억제하는 것이 그 토대이며 이것이 없으면 기독교 신앙은 설 수가 없다. 인간이 죄인인 이유는 바로 정욕 때문이다.

이상에서 소개한 헤르만 쿠르츠케의 글을 보면, 그가 가톨릭 신학을 공부한 사람답게, 성직자의 결혼을 허용하는 개신교보다는, 이를 금지하는 가톨릭 쪽에 더 호의적이라는 사실을 짐작할 수 있을 것이다. 그런데 그의 견해를 그대로 수용하기에는 걸리는 부분이 있다. 기독교를 모권에서 부권으로 넘어간 종교로 본다는 점에는 일단 동의하더라도—구교든 신교든 성직자는 주로 남성이었던 기독교의 전통을 생각해 보면 쉽게 수긍이 되니까—토마스 만이 생각한 아버지와 어머니의 관계가 헤르만 쿠르츠케의 해석이 보여주는 이원론적인 대립구도에 있는가에 관해서는 쉽게 대답할 수 없기 때문이다.

작가가 야곱을 가리켜 요셉에게 아버지인 동시에 어머니라고 말하는 부분만(제2권, 5부 형들을 찾아가는 여행, 무리한 요구, p.235) 떠올려봐도 그렇다. 이는 단순히 요셉의 어머니 라헬이 일찍 세상을 떠나서 어머니가 할 몫까지 다했다는 뜻으로 사용한 것은 아닌 것 같다. 요셉이 종으로 팔려간 집주인 포티파르의 눈에 들 수 있게 해준 정원에서의 발언(제3권, 4부 지고한 분, 주인 포티파르 앞에서 발언하는 요셉)도 이와 관련하여 중요한 단서를 제공해 준다.

거기서 요셉은 포티파르를 가리켜 집안 모든 것의 생장을 주관하는 아버지라 하는데, 남성이라는 생물학적 사실을 근거로 하는 말이 아니다. 사실 그렇게 따지면, 환관인 그는 남성도 여성도 아니기 때문이다. 토마스 만은 이때 요셉의 입을 빌어 창조주의 성을 남성이라고 해야 할지 여성이라고 해야 할지 분명치 않다고 말한다. 다시 말해서 이와 관련된 남녀의 성에 따른 구별 혹은 남자와 여자 중에서 어느 한쪽에 더 큰 비중을 두는 평가 자체를 문제시하는 것이다. 그렇게 본다면 오히려 빌헬름이 짚어준 동양의 음양 사상에 더 가까워 보인다. 빌헬름은 앞에서 소개했던 번역서의 해설서에서 음과 양은 그 원천이 같은 두 개의 원리로, 다시 말해서 이원론의 의미에서가 아니라, 음은 수동적인 원리를, 양은 능동적인 원리를 뜻한다고 지적했다.

게다가 토마스 만은 1932년 2월에 쓴 『인간의 정신은 하나다 *Die Einheit des Menschengeistes*』에서 종교 자체를 발명과는 거리가 있는 것으로 본다. 이는 알프레드 예레미야스 Alfred Jeremias의 『고대 오리엔트의 시각에서 바라본 구약성서 *Das alte Testament im Lichte des alten Orients*』를 읽은 후의 발언이다. 그는 앞서 그 책이 자신으로 하여금 인류의 형성은 하나의 총체적인 과정이며, 여러 다양한 문화는 하나의 언어에서 파생된 방언일 뿐이라는 사실을 재확인해 주었다고 말한다. 여기서 토마스 만의 이야기를 잠깐 들어 보자.

    종교성만큼 인간의 정신이 하나라는 사실을 명확히 보여주는 것도 없다. 나는 이 책을 통해 성모 마리아상의 원형을 수천 년 전으로 거슬러 올라가서 재확인하는 것이 기뻤다. 이 사랑스럽고 가장 인간적인 그림을 기독교의 교회가 다시 수용하고 예술은 이를 수천 가지의 방식으로 재형상화해 왔는데, 그다지 독창적인 모습은 아니다. 그건 종교의 본성이 그렇기 때문이다. 종교란 처음에 있었던 것이 반복되는 것, 태곳적 것이 새롭게 생명을 얻게 되는 것. 그것 이상은 아무것도 아니다. 사실 새로운 발명에서는 신앙을 얻을 수도 없지 않겠는가.
    아이 호루스에게 젖을 먹이는 이시스의 조각상은 아이를 안고 있는 성모 마리아와 너무도 유사하여 모르는 기독교인들은 그 앞에 예를 갖추기도 했다. 그리고 에세트 혹은 우시트-이시스, 그리고 아이를 안고 있는 하토르도 최초의 원형은 아니다. 이집트의 사제들이 그녀를 발명한 건 아니다. 최초에 있었던 원형을 보려면, 사물의 근원이 있는 곳으로 거슬러 올라가야 한다. 죽음과 삶의 신비 안에서 처음으로 구세주라는 발상이 등장한 곳이 바로 그곳이다. 창조들이 있는 곳에는 구원들도 있다. 창조와 구원이 서로 갈라져 나가면 종교는 죽는다. 바빌론 신학에서는 마르둑이 구세주다. 그는 다른 모든 신들보다 크다. 즉 위대하다. 그는 혼란과 싸워 이긴 후 새로운 세상을 건설했고, 신들에게 그들이 서야 할 자리를 지정해 주었다. 마르둑은 무척 큰 신이며 높은 신으로서 따지고 보면 그는 유일한 신이다. 그리고 '신들'은 사실 최소한 비교(秘敎)의 지식에서는 그 유일신의 특수한 현상형태일 뿐이다. 즉 네르갈은 전쟁을 치르는 마르둑이며 나부는 장사를 하는 마르둑, 그리고 샤마쉬는 법을 주관하는 마르둑이다. 존재하는 다른 모든 신들은, 그저 이 유일신의 다른 이름이요 명칭이며 기능일 뿐인 것이다. 그러나 이 마르둑 또한 근원이 아니다. 이보다 더 높은 곳에 있는 것이 태초의 만물의 어머니이다. 즉 신비스러운 구세주 아기를 낳은 어머니가 그녀이다. 그리고 어쩌면 이 어머니야말로 실제로 모든 것이 시작된 처음이며 마지막 근원인지도 모른다. 아마도 초기의 인류 즉 수메르인들과 그들보다 더 먼저 있었던 인간들은 '영원한 여성성' 자체를 만물의 근원이라고 생각했던 것 같다. '신들을 낳은 자' 말이다. 여기서 여성성을 남성성의 대립물로 이해해서는 안 된다. **만물의 근원은 '처녀성'이다.** 즉 남성이면서 여성이다.

  그리고 수메르인들은 만물의 어머니에게 수염이 달려 있는 것으로 생각했다. 그런데 신지학(神智學)적 신화에서는 구세주, 즉 만물의 어머니로부터 태어난 아기 구세주라는 발상과 함께 아버지는 뒤로 물러나게 된다. 그리고 태초의 어머니는 항상 처녀-어머니이며 아내이며 동시에 누이이다. (이쉬타르와 탐무즈의 관계를 보라.) 한편 창조는 사제들의 지혜에 의하면 '말씀'을 통해 이루어진다. 그리고 이 말씀은 훗날의 헬레니즘의 신학에서 로고스라 불린다. 그러나 이 말씀을 실어나르는 것은 신의 '입김', 즉 정신이다.

  이제 기독교가 전혀 새로운 것을 발명한 게 아니라는 사실이 드러난다. 기독교는 태곳적 것을 가르쳤고, 이를 통해서 자신이 인간적인 종교라는 사실을 합리화해 주는 증거를 보여준 것이다. 기독교가 탐무즈의 모티브를 받아들여 예수의 저승순례를 신조의 하나로 만들고, 죽었다 다시 부활하는 구세주의 역사를 이어나간다 하여 기독교 교리를 두고 수메르인과 악카드인의 교리를 표절한 것이라는 비난을 받을 염려는 하지 않아도 된다. 오히려 기독교가 그렇게 하지 않았더라면 뭔가 부족함을 면키 어려웠을 것이다. 종교는 타협하는 것이 아니라 늘 있었던 것을 다시 제시함으로써 자신을 합리화하는 것이다.

기왕 기독교에 관한 작가의 언급이 나온 자리이니, 작가는 기독교를 어떻게 받아들였는지도 살펴보기로 하자. 우선 1934년의 발언을 보면, 그는 기독교가 유대교의 결실로서 고대의 지중해 문명과 함께 서양을 떠받치고 있는 기둥이라고 말한다. 그리고 누구도 서양 문명의 이 두 가지 전제조건을 부인하거나 혹은 여기서 탈피할 수 없다는 것이 그의 생각이다. 그런 의미에서 그는 니체가 기독교에 대해 격렬한 투쟁을 벌인 것은 자연스럽지 못한 이탈이라고 말한다. 반면 중용을 알고 심리적으로 니체보다 훨씬 자유로웠던 괴테는 '단호한 이교도'였음에도 불구하고 기독교를 도덕적인 세력으로 인정하고 깍듯이 예를 갖출 줄 알았으며, 스스로 기독교와 동맹을 맺은 사람으로 여겼다는 점을 지적한다. 토마스 만은 혼란기일수록 단순히 시대적인 현상을 영원한 것(예컨대 자유주의와 자유)과 혼동하는 경향이 크다고 말한다. 그동안 기독교 모럴에(기독교의 교리나 신화는 아예 제쳐놓더라도) 쏟아진 비판도 많았고, 세월이 흐르면서 여러 가지 수정 작업도 있었지만, 이러한 비판과 수정이 아무리 큰 영향을 끼친다 하더라도, 이러한 것들은 표면에 머무르는 운동일 뿐, 가장 밑바닥에서 서양인의 삶을 결정하며 구속력을 갖는, 이미 그 뿌리를 깊숙이 내린 기독교 문화는 결코 건드릴 수 없다는 것이 토마스 만의 생각이었던 것이다.

성(性)의 문제

헤르만 쿠르츠케는 앞에서도 언급했듯이, 기독교를 가리켜 '금욕의 종교'라 부르며, '죄'를 낳는 것은 정욕이라 했다. 그런데 이때 죄의 개념은 요셉 소설의 본문에 등장하는 다음과 같은 구절에 표현되는 죄와는 조금 거리가 있어 보인다.

> 죄를 지으려면 우선 죄가 무엇인지부터 알아야 하지 않겠는가? 죄짓는 일에는 정신이 속해 있다. 그렇다. 제대로 보자면 정신 자체는 죄를 느끼는 감각 외에는 아무것도 아니다. (제4권, 6부 흔들리는 여인, 요셉의 순결, p.769)

이렇게 죄를 정신과 연관시킬 경우에는, 똑같은 정욕이라 하더라도, 어떤 정신에 입각하여 사용되느냐에 따라 죄가 될 수도 있고 아닐 수도 있지 않겠는가? 만일 인간의 성욕 자체가 죄를 낳는다면, 인류의 종족 번식은 앞으로 자연스러운(!) 성 관계가 아닌, 과학의 힘을 빈 인공적인 실험관을 통해서나 이뤄져야 한다는 뜻인가?

토마스 만이 그려낸 기독교 신앙의 조상인 아브라함만 하더라도 금욕과는 거리가 멀다. 그에게는 아내 사래가 있었지만, 이집트 노예 하갈과 동침하여 아들 이스마엘을 얻었고, 나중에는 가나안 여자 크투라를 취하기도 했다. 오로지 자식 생산을 위해서였을까? 일단 그렇다고 하자. 이 경우 수많은 후손의 아버지가 되라는 신의 언약이 실현되도록 하려는 좋은 의도로 사용되는 것인데, 어떻게 죄를 운운할 수 있겠는가.

여하튼 정욕, 혹은 성의 문제는 작품에서 중요한 테마로 등장한다. 아눕이 야곱에게 첫날밤에 벌어질 사기극을 예고해 주면서 들려주는 이야기에서도 이를 확인할 수 있었다. 우선 아눕이 어떤 존재인지부터 살펴보자. 아눕은 그때 성이 눈먼 행위라고 말해 주었다. 눈이 멀었다는 것, 앞을 볼 수 없다는 것은 곧 어두움과 직결된다. 어두운 것으로 따지자면, 씨앗을 품고 있는 땅과 아이를 잉태한 어머니의 뱃속도 어둡다. 다시 말해서 종족 번식이라는 생명 현상과 연결되는 것은 어두움이다. 그리고 어두움의 반대인 밝음은 빛을 떠올리게 하며, 이는 앞에서 계몽을 이야기하며 말했듯이, 미몽에서 깨어나도록 빛을 비춰 주는 이성, 즉 정신과 연결된다. 그런데 생명에게 주어진 종족번식을 향한 자연스러운 욕구 혹은 충동인 성욕은 말이 없다. 언어는 '표상으로서의 세계'에 속하기 때문이다.

이는 쇼펜하우어의 철학에 등장하는 개념이다. 헤르만

레다에게 백조로 변신하여 다가간 제우스. 레다가 낳은 백조의 알에서 태어난 것이 바로 헬레나이다.

쿠르츠케는 안내서에서 아눕을 소개하며, 성욕은 '의지의 핵심이며 따라서 대뇌에 상반되는 극이다' 라는 쇼펜하우어의 말을 인용하기도 한다. 앞에서 요셉 소설에 영향을 준 철학으로 니체 철학과 함께 쇼펜하우어의 철학을 꼽은 적이 있다. 토마스 만은 히틀러 정권의 탄압으로 귀국하지 못하고 외국에 머물러 있었을 때, 이다 헤르츠에게 편지를 보내 뮌헨 집의 서가에서 자신의 책들을 갖다 달라고 부탁했다. 이때 저서들을 나열하는데, 그때 제일 먼저 적은 책이 바로 총 6권으로 된 쇼펜하우어의 전집이다. 또 자신이 쉘링 Schelling에 관해서는 부끄러울 정도로 아는 게 없다고 고백하면서, 그 이유로 일찍부터 쇼펜하우어의 철학에 감화된 바람에 쉘링에게 내어줄 자리가 없었다고 설명하기도 한다. 한편 쇼펜하우어는 작가가 자신이 감화를 받은 위인으로, 에라스무스 Erasmus와 볼테르 Voltaire, 괴테 다음으로 꼽는 인물이기도 하다.

그럼 작가 스스로 자신의 사상에 큰 영향을 미쳤다고 시인한 쇼펜하우어의 철학에서 성의 문제가 어떻게 다뤄지는지 잠깐 살펴보자. 그의 철학의 주요 개념은 그의 주저 『의지와 표상으로서의 세계』가 말해 주듯이 바로 의지와 표상이다. 우선 표상을 뜻하는 독일어 'Vorstellung'이라는 단어는 '앞에 세우다'는 뜻을 지닌 동사 'vor-stellen'에서 파생된 명사이다. 물론 이 동사는 이외에도 여기서 조금 확장된 다른 뜻도 가지고 있다. 주체가 자신의 내면에 무엇인가를 일으켜 세운다고 하면, 생각이 일어난다고 하는 우리말처럼 어떤 것을 상상하고 떠올린다는 뜻이 된다. 이때 떠올려진 상, 그것이 바로 표상이다. 이 표상에 속하는 것이 바로 세계인 것이다.

쇼펜하우어는 시간과 공간이라는 틀로써 우리를 에워싸고 있는 세계는 진정한 실재가 아니며 그것은 인간이 떠올리는 주관적인 표상일 뿐이라고 말한다. 한편 우리들의 언어 습관을 보면, 생각을 할 때 머리를 사용한다고 이야기하지, 다른 신체기관으로 한다고 말하지는 않는다. 물론 가슴으로 생각한다는 표현은 있지만, 적어도 성기(性器)로 생각한다는 말은 누구도 하지 않는다. 그래서 쇼펜하우어도 "육체의 다른 어떤 기관보다도 순전히 의지에 복종하는 것이 바로 성기이며, 이것은 인식에는 전혀 복종하지 않는다"라고 말한다. 여기서 '의지'라는 단어는, 살려고 하는 맹목적인 생명의 의지를 뜻한다. 바로 이 생명의 의지야말로 세계의 내적 본질이라고 생각했기 때문에 쇼펜하우어는 '생(生)의 철학'의 시조로 불리고 있다. 그런데 유의할 점은 여기서 말하는 생명이라는 것이, 우리가 흔히 생각하는 '나의'

생명이 아니라, 생명이라는 것 자체를 뜻한다는 점이다. 이 경우 '내가 살고 있다'가 아니라 '그것이 내 안에서, 혹은 나를 통해 살고 있다'라는 표현이 더 적절하다.

이 생명의 의지에 전적으로 복무하고 있는 성욕을 다룰 때, 토마스 만은 헤르만 쿠르츠케도 지적했듯이, 성욕은 말이 없다는 사실을 분명히 보여준다. 아래는 첫날밤을 맞아 라헬인줄 알고 계속 말을 하던 야곱이 실제로는 레아의 몸을 더듬으며 결정적인 순간을 맞는 모습을 보여주는 대목이다.

그는 말을 멈췄다. 볼 수 있는 그의 두 손이 그녀의 얼굴을 떠나 몸을 더듬느라 살갗에 닿는 사이 이쉬타르 여신이 두 사람 모두를 깊숙이 뼛속까지 달아오르게 했던 것이다. 그리고 하늘의 황소가 입김을 불어넣어, 야곱은 어느새 하늘의 황소처럼 거친 숨을 몰아쉬었고, 그 호흡은 곧 그녀의 호흡과 하나가 되었다.

라반의 자식은 밤새도록 야곱에게 황홀한 동반자가 되어 주었다. 육체적인 쾌락을 탐닉하는 면에서도 더할 수 없었고, 자식을 생산하려는 의욕도 대단하여, 몇 번이고 야곱을 받아들였던 것이다. (제1권, 6부 자매, 야곱의 결혼식, p.513)

이렇게 보면, 요셉이 무트 곁에서 마치 폭포수처럼 말을 늘어놓는 것도 침묵으로 대변되는 욕망에 대한 저항으로 이해할 수 있다. 다시 말해서 말은 정욕과 맞서는 무기인 셈이다. 그러나 이 말 없음은 소설에서 신화와 은유로 표현된다. 이와 관련된 헤르만 쿠르츠케의 설명을 들어보자.

 이 말 없음은 그럼에도 불구하고 표현된다. 신화와 은유가 그것이다. 이쉬타르와 하늘의 황소. 신화는 이 영역에 관련하여 '씨', '짝짓기', '살(육신)이 들고 일어난다' 등 분명한 단어로 말한다. 요셉은 이쉬타르에게 쫓기는 길가메쉬이며, 죽어서 뻣뻣한 상태로 있는 오시리스이다. 그 위로 독수리로 변한 이시스, 즉 무트가 날고 있다. 요셉의 씨를 받아 아들 호루스를 생산하기 위해서이다. 말하자면 요셉은 죽어서 뻣뻣한 신, 독수리 여자를 맞을 준비를 끝낸 상태인 것이다.

헤르만 쿠르츠케는 이렇게 생산과 죽음을 동일시하는 발언을 야곱의 꿈에 나타난 아눕에게서도 정확히 찾아낸다.

 "너 정도라면 이런 일을 충분히 이해할 수 있어야 해. 너도 곧 새신랑이 되어 자식을 생산하고 죽을 테니까. 성행위에 죽음이 있고, 죽음에 성행위가 있지. 그게 관의 비밀이야. 성행위는 죽음의 붕대를 찢고 죽음 앞에 꼿꼿이 서지. 우시르 주인님의 경우가 그랬던 것처럼. 에세트는 암독수리로 변해 구슬피 울면서 우시르의 관 위를 날았어. 그렇게 해서 죽은 자로 하여금 씨를 흘리게 하여 짝짓기를 했지." (제1권, 6부 자매, 역겨운 것, p.490)

토마스 만은 성 자체를 무척 위협적인 것으로 바라본 게 틀림없다. 이는 민망한 굴욕적인 경험들과 결합되어 있을 것이다. 여성에 대한 두려움이 깊이 깔려 있다. 그것이 거세당할지도 모른다는 두려움이라는 사실은, 요셉을 협박하는 무트의 말이나 또 난쟁이 두두가 이발사의 칼을 휘둘러 요셉에게 벌을 주면 된다면서, 자신이 직접 그 일을 하겠다고 나서는 것에서도 알 수 있다. 예술가의 성적 무능력은 토마스 만의 작품 중에 자주 등장하는 모티브이기도 하다.

한편 남성을 거세하는 모티브는 요셉 소설에서 여러 가지 맥락으로 모습을 드러낸다. 아들이 아버지를 거세하는 내용은 '붉은 자'에서도 발견할 수 있다. 그리고 할례 또한 일종의 거세로 다뤄진다. 다음은 헤르만 쿠르츠케가 인용한 대목으로 이와 관련된 작가의 생각을 잘 보여준다.

> 할례는 신의 요구로 인간이 거룩한 신과 혼인하는 것을 의미했다. 이러한 신의 요구가 실현되는 장소는 인간의 육신 중에서 인간의 본질이 총집결된 곳, 육체에 관한 모든 맹세가 이루어지는 바로 그 신체 부위였다.
>
> 어떤 남자들은 신의 이름을 자신의 생식기에 새기고 다녔다. 또 여자를 취하기 전에 그 위에 신의 이름을 써놓기도 했다. 한 신에게 그를 섬기겠다고 맹세하는 경우, 이 언약은 성적인 의미를 내포했다. 한편 그 갈망이 너무도 커서 상대방을 완전히 독점하려는 창조주 주님과 언약을 맺는다는 것은, 남성성이 약화되어 여성성으로 넘어간다는 것을 뜻하기도 했다. 피를 봐야 하는 할례라는 희생은 남성성을 제거한다는 차원에서 보면 육체적인 의미에 한층 가까워지며, 이렇게 육신을 거룩하게 만드는 것은 순결과 또 이 순결을 바친다는 의미를 갖게 되므로, 곧

여성성을 뜻하게 되는 것이다. (제1권, 1부 우물가, 고자질쟁이, p.128)

보다시피 이런 식으로 피를 보는 행위는 굳이 아버지를 죽이지 않아도 되게 만든다. 그렇게 되면 요셉은 성공적으로 할례를 받은 자로서 아버지를 죽이지 않고, 어머니와 잠을 자지 않는 안티-오이디푸스가 되는 셈이다. 이렇게 할례를 미리 거친 요셉은 실제로는 거세를 당할 필요도 없고, 계속 아버지의 아들로 머물 수 있게 된다. 무트-엠-에네트가 자신의 남편 페테프레를 죽이자고 하자, 요셉은 펄쩍 뛴다. 그렇게 되면 요셉 자신은 아버지를 죽이고 어머니와 동침하는 자와 똑같은 신세가 아니냐고. 이에 무트는 이렇게 응수한다.

"누구나 어머니와 함께 자. 그걸 몰랐어?" (제4권, 7부 구덩이, 아픈 혀, p.826)

그러나 요셉은 완강히 버틴다.

"세상의 아버지는 어머니가 낳은 아들이 아닙니다. 그리고 그분은 어느 여주인 덕분에 주인님이 되신 것이 아닙니다. 전 그분의 것이며 그분 앞에서 살고 있습니다. 전 아버지의 아들입니다. 이 자리에서 처음이자 마지막으로 분명히 말씀 드리겠습니다. 저는 신께, 주님께 그런 죄를 짓지 않을 것입니다. 아버지를 욕되게 하고, 그를 죽여 어머니와 몸을 합쳐 한 쌍을 이

루는 것은, 수치심도 모르는 하마나 하는 짓입니다."(제4권, 7부 구덩이, 아픈 혀, p.826)

'하마'는 무절제한 성욕과 함께 이와 결합된 풍요로운 생식력, 즉 '아랫세상'을 상징하는 것으로, 헤르만 쿠르츠케가 인용한 위의 글에 등장한 하마 말고도 많이 있다. 포티파르의 부모인 후이와 투이가 자신들이 속한 태곳적, 즉 전-모계사회의 '시대'를 암시하기 위해 서로를 부르는 애칭, 즉 늪지대에 사는 동식물인 '귀여운 들쥐'와 '누트리아', '노란 꽃'과 '두더지', '올빼미'를 비롯하여 '왜가리'가 그 예이다.

작품 해설 및 본문 이해하기

해설

네 권의 소설이 완성되기까지

성서의 요셉 이야기를 깨알 같은 글씨로 7000장이나 써 내려가 총 4권의 소설로 만들기까지 토마스 만이 순수 집필에 바친 시간은 무려 13년이었다. 정확히 1926년 12월부터 1943년 1월까지로, 『바이마르의 로테 *Lotte in Weimar*』를 쓴 1936년 8월부터 1940년 8월까지가 제외된 기간이다. 그러나 작가가 이 대소설을 쓰기 위해 할애한 문헌 연구나 이집트 답사 여행의 시간까지 포함하면 16년으로 늘어난다.

작가는 스스로도 이 작품을 자신의 최고 걸작이라고 시인하기도 했다.[47] 잘 알려진, 그에게 노벨 문학상의 영예를 안겨 준 청년기의 작품 『부덴브로크가의 사람들, 한 가문의 몰락 *Buddenbrooks, Verfall einer Familie*』과 작가가 50대에 쓴 『마의 산』, 그리고 70대에 접어들면서 완성한 『요셉과 그 형제들』, 이렇게 세 소설을 스스로 평가하면서 작가는, 처음 것은 독일 소설이었고, 두번째는 유럽 소설, 그리고 세번째는 신화를 토대로 유머러스하게 그려낸 인간에 관한 노래라 말하며, 이는 보다 풍요롭게 전개되어 간 정신의 성장 과정이라 할 수 있다고 고백한다.[48] 그러나 작가는 이 '요셉 소설'을 쓰느라 단순히 긴 세월을 투자했다는 사실보다는 그 시절이 어떤 때였는지에 더 큰 의미를 부여한다. 격동기에 이런 작품을 쓸 수 있었다는 것 자체에 대해 후세 사람들이 더 놀라워하리라 믿었던 것이다. 그가 1926년부터 집필을 시작한 『요셉과 그 형제들』의 첫번째 소설인 「야곱 이야기」가 나온 건 1933년이다. 그해는 히틀러가 정권을 장악한 때이다. 이때 강연을 목적으로 외국을 여행 중이던 작가는 귀국을 할 수 없게 된다. 체포령이 떨어졌기 때문이다. 토마스 만이 마르크스주의 작가라는 혐의도 들어 있었다. 물론 얼토당토않은 주장이지만, 전혀 근거가 없는 혐의는 아니었다. 토마스 만이 오해받을 만한 말을 한 적이 있기 때문이다.

"반공은 우리 시대가 안고 있는 근본적인 어리석음이다."[49]

많이 인용된 이 발언은 민감한 반응을 낳을 수도 있었을

---

47) 1950년 1월 16일 헤르버트 프랑케 Herbert Franke에게, 그리고 1951년 9월 5일 발터 하우스만 Walter Haussmann에게 보낸 편지.
48) 클라렌스 보우텔 Clarence B. Boutell에게 보낸 1944년 1월 21일자 편지.
49) 『숙명과 사명 Schicksal und Aufgabe』, 토마스 만 전집 XII, p.934.

것이다. 이에 관해 1953년 2월 8일, 에버하르트 힐셔 Eberhard Hilscher[50]에게 보낸 편지에서 작가가 고백한 말을 들어보자. 그는 편지에서 이 말은 인류가 원하는 저 멀리 있는 목적을 이루려면, 즉 세계를 한 국가처럼 생각하고 이 땅과 그것이 주는 모든 보화들을 함께 관리하고 모든 민족이 서로 평화롭게 살려면, 공산주의의 특성을 띠지 않고는 불가능하다는 뜻으로 한 것이라 했다.

이러한 그의 말은, 현실의 어떤 정치 체제나 이데올로기로서가 아니라 하나의 이념으로서 공산주의가 갖는 특성을 가지고 환경 문제와 연관시켜 보면 쉽게 이해할 수 있다. 즉 환경운동가들이 '지구는 우리 모두의 재산이다', 또는 '우리 모두 이 지구에 얹혀사는 손님이다'라는 말로 표현하는, 같은 손님으로 함께 머물고 있는 이 주인집을 함께 잘 가꿔야 할 곳이라는 의미와 마찬가지로 재산을 공동으로 소유하자는 발상을 떠올리면 될 것이다.

덧붙이자면 작가는 스스로 공산주의자가 아님을 공언했다.[51] 그는 하나의 정치적 신념을 신앙처럼 맹신할 만큼 어떤 것에 얽매일 수 있는 사람은 애초부터 아니었던 것이다. 그럼에도 불구하고 공산주의라는 이념의 바닥에 깔린 생각—이를 박애정신이라고 표현해도 될 것이다—이 인류사에 기여할 수 있는 바가 있다는 사실을 지적한 것뿐이다.

---

50) 『토마스 만의 종교성 *Thomas Manns Religiosität*』과 『토마스 만. 그의 삶과 작품 *Thomas Mann. Leben und Werke*』의 저자
51) 해설서, pp.328~329.

히틀러 정권이 들어서자, 귀국도 할 수 없게 된 노벨 문학상 수상자 토마스 만은 재산까지 몰수당한다. 어디 그뿐인가. 독일 국적을 뺏긴 그에게서 본 대학은 예전에 수여했던 명예박사 학위까지 박탈한다. 이것은 1936년에 벌어진 일이다. 그런데 바로 이렇게 힘든 상황을 오히려 이겨내도록 도와준 게 요셉 소설이었다고 작가는 말한다. 또 그는 살아가는 데는 생산이라는 마취제도 필요하다고 속을 털어놓기도 한다.[52] 아니 한마디로 작가에게는 이 작품이 믿고 의지할 수 있는 그의 '신(神)'이었다.[53]

---

52) 「뉴욕타임스」와 「워싱턴포스트」에 요셉 소설의 서평을 쓴 아그네스 마이어 Agnes E. Meyer에게 1943년 1월 10일에 보낸 편지.
53) 안내서, p.139.

각 소설의 개관

서곡—저승 나들이

언뜻 보면 딱딱한 논문 같아 보이는 이 도입 부분이 요셉을 만나기 위한 여행 준비치고는 너무 번거롭다는 생각도 들 수 있을 것이다. 일단 저승으로 내려가야 한다고 치더라도, 그곳에서 그를 다시 살려내려면 그럴 수밖에 없다 해도 말이다. 오죽하면 스웨덴에서는 아예 이 부분을 빼려고 했겠는가. 물론 토마스 만은 극구 말렸다. 당시 이미 번역된 헝가리와 이탈리아, 그리고 덴마크는 물론이고 곧 출간될 영어판과 불어판도 원문 그대로 싣는데, 유독 스웨덴 독자들만 축소판을 봐야야 되겠느냐. 게다가 지금까지 읽은 독자들 중에(작품이 한 권 한 권 완성되기 전에 이미 부분적으로 지면에 소개된 적이 있다는 말은 앞에서도 한 바 있으며, 경우에 따라서 작가는 친지들 앞에서 막 완성한 부분들을 낭송하기도 했다) 바로 이 부분에 사로잡힌 사람들이 의외로 많다는 것이 그 이유였다.[54]

그중에는 우리가 잘 알고 있는 헤르만 헤세도 속해 있다. 그는 1933년 11월 26일 토마스 만에게 편지를 보내면서 이 서곡에 대해 찬사를 보냈고 작가는 같은 해 12월 3일, 그에 대한 답례 편지를 썼다.[55] 또 토마스 만은 이보다 앞서 그해 6월 2일, 헤르만 헤세에게 주변 정세가 워낙 불안하여

---

54) 해설서, p.65.
55) 해설서, p.179.

집필을 계속한다는 것이 어려워 일의 진행이 몹시 더디다고 털어놓기도 했다. 7월 31일에는 자신의 성서 소설, 즉 요셉 소설 첫 권이 가을에 출간될 예정이라는 것과 아마도 독일에서 출간되기는 어려울 것 같다고 소식을 전하기도 한다. 그리고 두번째 소설이 나온 1934년에는 그에게 실망하지 않기를 바란다는 내용과 함께 그래도 표지는 첫 권보다 잘 되었다는 편지를 쓰고, 1936년 10월 17일에는 분량이 워낙 많아 세번째 소설을 읽어주십사 하고 보내드려야 할지, 말아야 할지 망설이고 있다고, 또 그후 몇 년이 지난 1942년 3월 15일에는 지금 즐겁게 마지막 소설을 마무리 짓는 중이라고 밝히기도 했다.

이렇게 토마스 만과 오랜 친분이 있던 헤르만 헤세가 칭찬을 아끼지 않았다는 이 서곡을 보며, 무대의 막이 더디 올라가는 것에 갑갑해 할 사람들이 혹시 있다면 이 부분을 무슨 논문처럼 읽을 필요는 없다는 말을 해두고 싶다. 토마스 만도 그건 아니라고 몇 번이나 강조했다(그러나 작가는 앞에서 잠깐 소개했던 딸 에리카에게 보낸 편지에서 자신이 이 부분에서 논문을 쓰듯이 학자 흉내를 낸다고 고백하기도 했다). 이건 그저 인류의 기원으로 거슬러 가는, 과거라는 우물로 내려가는, 말 그대로 저승 '나들이'일 뿐이니까.

우리보다 먼저 태어나, 먼저 죽은 자들이 있는 과거를 둘러보는 저승 나들이를 지옥순례라고 해도 무방하다. 땅 밑에 있는 감옥, 그러니까 무덤이 지옥(地獄)이지만, 흔히 다른 걸 연상하기도 하니 일부러 저승이라고 했다. 씨를 뿌리는 건, 지옥에 잠깐 가둬두는 것에 불과하다. 그러면 거기서 씨앗은 다시 새싹으로 부활한다. 그럼 사람도 지옥에 잠깐 갇혀 있다가 다시 다른 새싹으로 부활하는 것일까? 윤회?

이야기 속에서 저승으로 내려간 사람은 예전에도 있었다. 예수도 그곳에 내려갔다가 사흘 만에 죽은 자들 가운데서 부활했고, 그리스 신화에 등장하는 아도니스도 일년 중 3분의 1을 아랫세상에서 산다. 이외에 또 다른 인물로는 『신곡 神曲』을 쓴 단테, 그가 길잡이로 설정한 베르길리우스, 그리고 희랍 신화의 오디세이를 들 수 있다.[56]

이렇게 요셉을 우리 눈앞에 되살리려고 과거의 우물로 내려가는 건, 역사를 더듬어본다는 것과 같다. 물론 작가의 역사관은 구약성서의 관점과는 다르다. 성서는 모든 사건들을 구원사의 연장선상에 놓고 하나의 목적지를 향해 나아간다고 보지만, 여기서는 오히려 같은 것이 반복되는 순환을 이야기한다. 똑같은 것이 새롭게 되풀이되는 셈이다. 완전히 똑같은 것은 아니고, 기본 멜로디는 같지만, 변주된다는 것이다. 그리고 경우에 따라 보다 높은 차원으로 상승하기도 하고, 정반대로 추락하기도 한다. 추락 혹은 진보에 반대되는 후퇴일 경우, 앞에서 잠깐 언급했듯이 이 소설에서는 독일의 나치즘과 히틀러가 한 예로 암시되기도 한다. 여하튼 작가는 성서에서 기원으로 보는 지점도 끝없이 이어지는 모래 언덕으로 본다. 끝인가 하고 다가가면 그 뒤로 또 다른 전경이 펼쳐지는 언덕인 것이다.

---

56) 이는 헤르만 쿠르츠케의 안내서에도 지적되어 있다.

막다른 곳에 이르러 마침내 목적지에 다 왔나보다 하는데, 그건 눈속임이고 모퉁이를 돌아서니 또 다른 길이 과거로 이어진다면. 해안을 거닐다 눈앞에 보이는 점토 섞인 모래 언덕, 그 사구(砂丘)가 끝인가 하여, 가까이 다가갔더니, 웬걸, 그 너머로 또 다른 곳, 또 다른 해각(海角)으로 유인한다면. (제1권, 서곡, p.23)

인류사의 기원을 아브람으로 보든, 혹은 아담이나 그것도 아니면 대홍수 이후로 보든, 또는 이집트에서처럼 태초의 왕인 메니 혹은 신화의 주인공 세트의 시절로 보든, '그 앞엔 또 뭐가 있지?'라는 질문은 여전히 남는다는 것이 작가의 생각이다. 문화에 따라 창조설화도 다양하고, 대홍수도 각기 다른 장소에 각기 다른 시기에 있었다. 아틀란티스 대륙의 침몰도 인류사의 시각에서 보자면 옛날에 있었던 무서운 일에 대한 기억을 다시 한번 재생한 것에 불과하다. 바벨탑도 쿠푸의 거대한 피라미드뿐 아니라, 남아메리카의 탑 이야기에서도 다시 등장한다. 그뿐이 아니다. 성경에서 말하는 낙원도 단 한번 있었던 게 아니다. 그건 황금시대에 얽힌 전설과도 관계가 있는데, 태초에 있었던 건 아니고, 그보다는 훨씬 훗날의 일이었다.

작가는 기독교의 성서나 이집트와 후기 그리스의 창조설화들에게 잠깐만 봐달라고 윙크를 보낸 후, 자신이 보기에 시원(始原)은 바로 영혼인 것 같다고 말한다. 시간이 있기도 전, 형태가 생겨나기 전에, 신이 그러하듯, 늘 있어왔던 존재가 영혼이라는 것이다. 물론 거기엔 물질도 있었다.

물질에 대한 영혼의 짝사랑! 그게 시작이었다. 눈먼 영혼에겐 지식이 없다. 그저 물질과 한 몸을 이뤄 형태를 갖는 물체를 만들고 싶었을 뿐이다. 그래야 쾌락을 얻을 수 있기 때문이다. 그래서 물질이 있는 아래로 내려갔는데, 그게 추락 혹은 타락이다. 이렇게 형태의 출현과 함께 구별도 시작된다. 결국 원래 하나였던 것이 여러 가지 다양한 것들로 나눠진 셈이다. 시간과 죽음이 생긴 것도 바로 이때이다. 이렇게 물질을 좋아하는 영혼에게 자신의 본분을 일깨워야 하는 사명을 갖는 게 정신이다. 정신이란 자신을 의식하는 영혼의 또 다른 자아라고 할 수 있다. 쉽게 말해서 정신은, 형태의 세계를 만들어 고통과 죽음이 생기게 한 영혼에게 영원한 빛으로 돌아가도록 설득해야 한다. 그렇게 되면 물질도 어디에도 얽매이지 않은 자유로운 상태가 되어, 영혼의 추락 이전의 행복을 되찾게 된다는 것이다.

작가가 영혼의 모험소설이라고 부르는, 대략 이와 같은 내용은 한스 하인리히 쉐더 Hans Heinrich Schaeder가 쓴 『이슬람의 완전한 인간론, 그 기원과 문학적 형상 *Die Islamische Lehre vom vollkommenen Menschen, ihre Herkunft und ihre dichterische Gestaltung*』에서 힌트를 얻은 것이다.[57] 이 경우 인류사가 순전히 방황의 역사처럼 보일 수도 있지만 그렇지만은 않다.

    정신이 정말 영혼의 세계 속으로 들어가서, 이 두 원리가

---

57) 해설서, p.331.

서로 하나로 융화되고 상대방을 거룩하게 만들어, 그것이 인간의 현실이 되도록 하려는 것이 신의 간절한 희망이 아닐까? 그렇게만 된다면, 인간은 하늘에서 내려오는 축복과 깊은 곳에서 올라오는 축복을 동시에 움켜쥐게 되리라. (제1권, 서곡, p.80)

이렇게 '위'와 '아래'에서 동시에 얻는 축복은, 앞에서 이미 밝혔듯이 성서의 창세기 49장 25절에 나와 있다. 그런데 위와 아래, 정신과 생명, 프로이트가 말하는 자아와 이드(id: 독일어로는 Es), 죽음과 출생, 시간성과 영원 사이에는 중개자가 있다. 작가는 하늘과 땅의 관계를 놓고 볼 때 이 중개 역할은 달에게 주어진다고 생각한다. 하늘과 땅을 연결해 주는 달, 한 지점에 영원히 머무르는 법 없이 조금씩 모양을 바꾸면서 자리를 옮겨가는 달. 한편 이야기를 들려주는 자도 한군데 머무르지 않고 한 단계 한 단계 나아간다는 점에서 달과 마찬가지이다. 이제부터 화자(話者)인 달을 따라가 보자.

야곱 이야기

달을 따라 왔으니 달빛을 만나는 건 당연하다. 달빛은 우물가를 비추고 있다. 반쯤 벌거벗은 요셉이 뭐라고 중얼거린다. 바빌론과 히브리 말로 달의 이름을 읊는 것일까? 그런데 이게 웬일인가? 갑자기 눈이 뒤집혀 흰자위만 보이다니! 아, 그의 아버지가 오고 있다. 야콥, 야콥. 그의 이름을 뭐라고 해도 상관없다. 원어(Jaakob)대로 발음하자면 야콥이 맞지만, 공동번역 성서에 맞춰서 소설에서는 야곱으로 옮겼다. (이는 요셉의 경우도 마찬가지이다. 원어 'Joseph'대로 발음하자면 요젭에 가깝지만 우리 나라 성서에 소개된 대로 요셉이라 했다.) 그리고 비단 그의 이름뿐 아니라, 작가는 등장인물을 여러 가지 이름으로 소개해 주는데 작가의 뜻을 존중하려고 하나로 통일하지 않았다.

아들 요셉과 대화하다 말고 아버지는 지난 일들을 순서 없이 뒤죽박죽으로 회상한다. 시간표대로가 아니라 자기 멋대로 떠오르는 게 기억이긴 하다. 여기선 신을 찾아다닌 아브라함 이야기가 나온다. '찾아다니다'라는 말은 엄밀히 따지면 옳은 표현이 아니다. 이 위대한 인간은 신의 본질을 '생각해 낸' 장본인이다. 그리고 그는 이집트에서 부자가 된다. 뭘 어떻게 했냐고?…… 아내를 팔았다. 그의 부인 사래는 아주 어여뻤으니까. 누구한테? 이집트 왕 파라오였다. 듣기에 따라 독자들에게 한 소리 들을 수도 있는 발언이지만, 작가의 배경 설명에는 충분한 설득력이 있다.

아브라함에겐 아들이 둘 있다. 형은 서자, 동생은 적자인 이사악(이삭, 이츠악)이다. 이사악의 쌍둥이 아들 중 동생이 바로 요셉의 아버지인 야곱이다. 야곱은 영리하고 매끄럽고 세련된 사람이고, 형 에사오(에서)는 거칠고 붉은 자이다. 이야기 속의 등장인물들이 살던 때는 정말 아주 오래 전이다. 그렇게 오래 전에 살던 그네들이 뭐 그렇게 다양한 표현을 썼겠는가? 위와 아래, 높고 낮고, 크고 작고, 무겁고 가볍고, 아름답고 못생기고, 영리하고 어리석고, 천을 짠다고 생각하면 올이 곱거나 거칠다고 말했을 것이다. 그런데 곱다 하면 다른 그림을 먼저 떠올릴까봐, 거친 것의 반대는 세련된 것이라고 옮겼다. 말이 나온 김에 한 가지 덧붙이자면, 작가는 예전 사람들의 대사와 화자의 설명을 옛날 말과 현대어로 구분해서 쓰기도 한다. 따라서 대비되는 이 말들을 통해 또 다른 재미를 느낄 수도 있는 것이 이 소설만이 가지고 있는 독특한 맛이라고 할 수도 있다.

야곱과 이사악 그리고 아브라함으로 거슬러 올라가는 이 부족은 전통적으로 맏아들한테 복을 빌어주고 유산을 물려주었다. 이는 우리들의 예전 관습과 다를 바 없다. 그런데 동생 야곱이 아버지와 형을 속이고 장자의 축복을 가로챈다. 이를 부추긴 건 용감한 어머니 리브가이다. 그녀는 큰아들이 분을 못 참고 작은아들을 죽일 수도 있다는 것을 알면서 모험을 서슴지 않았다. 어디 그뿐인가. 어쩌면 영원히 못 만날지 모른다는 사실을 예상하면서 야곱을 도망치게 만든다.

도망치는 야곱은 뒤쫓아 온 에사오의 아들 엘리바즈에게 붙잡히고, 어린 조카에게 싹싹 빌고서야 목숨을 구한다(이 부분은 성경에 없는 내용이다). 그러나 조카한테 무릎까지 꿇은 이런 굴욕도 잠깐, 그는 그날 밤 큰 위로를 얻고 고개를 쳐들게 된다. 수치스러우면 머리를 못 들고, 당당해지면 고개를 쳐든다고들 한다. 자신이 고개를 쳐든 건지, 아니면 다른 누군가가 머리를 드높여 준 건지(고대 메소포타미아에는 '머리를 드높이'라는 뜻의 에사길라 신전이 있었다. 그곳 사람들은 한 사람이 높은 사람이 되는 것을 가리켜 '머리가 높이 들어 올려진다'라고 표현했다. 물론 이 경우에는 신이 올려주는 것이다) 혹은 그게 그건지는 본문에서 확인할 수 있다.

여하튼 야곱은 그날 밤 꿈에서 하늘의 층계를 봤다. 가장 높은 분, 지고한 분, 즉 신께서 계신 왕좌로 이어지는 계단, 혹은 사다리라고 해도 좋다. 그뿐 아니라 그분의 말씀도 듣는 영광을 입고 다시 힘을 얻어 외삼촌 집에 이르게 된다. 이름이 라반인 그는 한마디로 '속물'이다. 원래 출발할 때는 선물이며 어머니가 챙겨 준 짐이 많았지만, 조카에게 다 빼앗겨 빈손만 남게 된 야곱을 숙부 라반은 종으로 삼겠다고 한다. 그의 딸 라헬에게 첫눈에 반한 야곱은, 그녀와의 결혼과 침식을 제공해 준다는 조건에 그의 제안을 수락한다. 옛날에는 근친결혼이 흔했으니 이는 이상할 게 없다. 라반의 입장에서 보면 이 계약은 딸을 파는 셈이 된다.

그런데 야곱이 무려 7년 동안의 종살이를 끝낸 후 고대하던 첫날밤을 치를 때, 장인 라반은 라헬의 못생긴 언니 레아를 들이밀었다. 그것도 모르고 야곱은 가짜 부인과 황홀한 밤을 보낸다. 어차피 얼굴이 어떻게 생겼는지는 밤에는 아무 상관이 없다. 그저 밭에 씨를 뿌리기만 하면 되는 것이다. 덕분에 그 씨로 맺어진 열매 르우벤은 힘은 아주 세고 튼튼했지만, 성질이 급한 게 탈이다. 마구 쏴대는 물, 아무 데나 철철 넘치는 물이라 불린[58] 그는 결국 아버지의 첩과 잠자리를 함께 하는 실수를 저지르고 만다.

이렇게 어두운 밤 때문에 착각 속에서 태어난 자식은 르우벤이 처음은 아니다. 작가는 여기서 이집트 신화의 아눕 (혹은 그리스 이름으로 아누비스)을 상기시킨다. 결혼식을 앞 두고 야곱의 꿈에 나타나 첫날밤에 벌어질 이 사기극을 예 고해 주는 아눕은, 아버지 우시르가 아내 에세트를 찾아간 다는 게 어두운 밤이라 엉뚱하게 동생 세트의 아내인 넵토 트와 동침한 결과로 태어난 아들이다. 모든 게 어두운 탓이 었다. 눈먼 성적 본능! 아무리 어두워도 그렇지, 어떻게 그 런 일이 있을 수 있느냐는 야곱의 물음에 아눕은 이렇게 대 답한다.

"얼마든지 있을 수 있지. 왠지 알아? 밤은 집착 같은 게 없어 서 진실을 알거든. 낮이 일깨우는 편견은 밤 앞에서는 아무것 도 아냐. 그래, 밤이 어떤 진실을 아느냐고? 여자의 몸이라는 게 다 똑같아서, 사랑을 나누고 아이를 생산하는 데는 그만한 게 없다는 진실이지. 다른 여자하고 구별되는 건 그저 얼굴뿐 이야. 그런데도 그 얼굴만 보고 이 여자한테서 자식을 생산해 야지, 저 여자한테서는 자식을 생산할 생각이 없다는 등 그런 말을 하지. 그건 그럴 수밖에 없어. 얼굴은 온갖 착각과 상상으 로 가득한 낮의 얼굴이거든. 하지만 진실을 아는 밤 앞에서 얼 굴은 아무것도 아냐." (제1권, 6부 자매, 역겨운 것, p.487)

지금 아눕이 하는 소리는 성적 본능을 의지의 핵심으로

---

58) 공동번역 성서의 창세기 49장 4절 이하: 르우벤아, 너는…… 터져 나오 는 물줄기 같아, 걷잡을 수 없는 홍수 같아, 끝내 맏아들 구실을 하지 못 하리라. 제 아비의 침상에 기어들어 그 소실마저 범한 녀석!

본 이 염세철학자의 생각과 다를 바 없다. 이에 관해서는 나중에 따로 이야기할 것이다. 여하튼 이 사기극이 있고 난 후 야곱은 라헬도 아내로 맞는다. 그녀를 얼마나 사랑하는지, 민망할 정도이다. 그런데 묘하게도 푸대접받는 레아는 자식을 잘만 낳는데, 사랑을 독차지한 라헬은 오랫동안 아이를 갖지 못했다. 오랜 기다림 후, 끔찍한 산고를 겪고서 낳은 게 바로 요셉이다. 그러니 얼마나 귀한 아들이었겠는가?

아버지 야곱에게는 그만이 유일한 진짜 아들이었다. 그런 걸 속으로만 좋아했으면 모른다. 하지만 아버지는 그런 감정을 숨겨야 한다거나, 또 그래야 할 이유도 모른다. 오히려 얼마나 당당한지, '누구를 좋아하고 싫어하는 건 내 마음이다'라며 사랑과 은혜를 베풀어주고 싶은 인간을 마음대로 선택하는 자신의 신을 닮으려 한다. 하지만 다른 아들들은 요셉만을 편애하는 아버지로 인해 벌써부터 가슴에 응어리가 맺히고 가시가 박힌다. 동생을 죽여버리고 싶을 정도로…….

야곱은 라반 집에서 종살이하는 동안 부자가 된다. 종살이를 하는 동안 재물을 모을 수 있었던 것은, 신의 축복도 축복이지만, 꾀가 많았던 덕분이다. 장인한테 신혼 첫날밤에 당한 수모를 멋지게 갚아준 것도 그 예이다. 가축들이 교미할 때 뭘 보느냐에 따라 새끼가 달라진다는 걸 알고, 그는 나무를 꺾어 사이사이 껍질을 벗겨 얼룩덜룩하게 만들었다. 그걸 모르는 라반을 교묘하게 속여서 얼룩진 가축들을 자기 재산으로 만든 것이다. 이렇게 잔뜩 재물을 얻은 후, 식구들을 모두 데리고 그곳을 떠난 야곱은 형 에사오에게 선물 공세를 펼쳐 화해를 하게 된다.

이런 야곱도 자식 때문에 골치깨나 썩게 되는데, 바로 외동딸 디나 때문이었다. 성서가 야곱의 열두 아들 이름은 차례로 나열하면서 디나 자리는 제대로 밝히지도 않은 걸 보면, 당시에도 여자는 별로 중요한 존재로 취급하지 않은 모양이다. 작가의 말이 그렇다는 것이다. 어쨌거나 야곱이 시겜 성 밖에 장막을 치고 사는데, 성주 아들이 디나한테 눈독을 들이는 바람에, 복수에 나선 야곱의 아들들에 의해 급기야 도시는 피바다가 되고 만다. 이 일에는 시므온과 레위가 앞장섰다. 어디 싸울 일이 없나 항상 몸이 근질근질한 이들이, 평화를 사랑하는 야곱의 아들이라니 참으로 묘하지만, 결국 야곱은 이 아들들이 벌인 난동 때문에 그곳을 떠나야 했다. 이때야 비로소 야곱은 조상의 나라로 들어가게 된다.

이렇게 길을 가다가, 임신 중이던 야곱의 아내 라헬이 두 번째 아이를 출산하게 된다. 레아가 낳은 야곱의 아들들이 도시에 들어가 난동만 부리지 않았더라면 만삭의 라헬을 데리고 야곱이 먼 길을 떠났을 리 만무하지만, 레아의 아들들로서는 어머니를 뒷방 신세로 만든 라헬을 걱정하고 싶지도 않았으리라. 결국 그녀는 길에서 아이를 낳다가 죽고 만다. 이때 태어난 아이가 요셉의 친동생 벤온이(벤야민)이다. 야곱에게는 청천벽력이었다. 하지만 이건 야곱을 훈계하려고 신이 내린 벌이었다. 보통 유난을 떨면서 그녀를 사랑했어야지. 레아는 흔히 하는 말로 완전히 찬밥 신세였다.

게다가 그걸 부끄러워하거나 미안해하지도 않고 자기감정만 앞세웠다. 그만큼 자신을, 자신의 감정을 사랑한 거라고도 할 수 있다. 또, 그렇게 자기가 좋아하는 대상에게만 사랑과 정성을 쏟는 것, 이것은 야곱이 섬기는 신이 자신의 특권으로서 독점하려고 했을 수도 있다. 이 신은 엄청난 질투의 신이다.

신께서 라헬을 데려갔는데도, 야곱은 교훈을 얻는 건 고사하고 그녀를 쏙 빼닮은 아들 요셉을 그녀의 몫까지 합쳐서 곱절로 사랑한다.

청년 요셉

아버지 야곱은 요셉에게만 특별대우를 한다. 다른 형제들은 가축을 기르고 밭일도 했지만, 요셉은 어쩌다 한번 기분 내키면, 그리고 추수 때 정말 손이 필요할 때나 거들 뿐이고, 다른 때는 다른 일로 시간을 보냈다. 다른 일? 그건 바로 공부였다. 그에겐 가정교사까지 있었다. 글을 아는 노예 엘리에젤이 그였다. 그렇다면 그는 뭘 배웠던가? 주로 신화였다. 그리고 주변 국가의 언어와 계산법을 배웠다. 요셉은 머리가 영리해서, 한번 배우면 잊어버리지 않았다. 어디 그뿐인가? 어머니 라헬을 닮아 용모까지 수려했다. 흔히 머리와 미모는 반비례라고 하지만, 요셉의 경우 두 가지는 완벽한 조화를 보여준다. 문제는 창세기 37

장에 소개된 것처럼, 겸손이라는 건 모르는 탓에, 너무 뻔뻔스럽다는 점이다. 얼마나 얄미웠으면, 형들이 메마른 우물에 처넣었겠는가?

거기에는 꿈 이야기도 한몫했다. 들판에서 형제들이 모두 곡식단을 묶었는데, 자기가 묶은 곡식단에 절을 하더라고 조잘댄 것이다. 그것도 모자라, 태양과 달과 열한 개의 별들이 자기한테 절을 올리더라는 말도 해버렸다. 어떤 형제가 이런 동생을 좋아할 수 있겠는가? 게다가 아버지를 졸라 얻은 귀한 베일옷을 철부지처럼 형들을 찾아갈 때 자랑 삼아 입고 간다. 우리말 성경에 장신구를 단 옷, 혹은 채색옷이라고 번역된 이 옷이 얼마나 아름답고, 의미 깊은 옷으로 변했는지는 본문에서 잘 확인할 수 있다.

아무튼 다들 요셉을 죽이고 싶었지만, 다행히 제일 큰형 르우벤이 잘 막아줘서 우물에 던지는 걸로 일단 끝난다. 요셉은 우물에 갇히고서야 비로소, 형들을 그렇게 만든 게 바로 자신이라는 사실을 깨닫게 된다. 교만! 아버지의 지극한 사랑에 눈먼 나머지, 다른 사람들 모두가 자신을 좋아할 수밖에 없다고 믿은 맹목적인 신뢰! 바로 이것이 문제였던 것이다. 우물은 요셉을 아랫세상, 저승으로 인도하는 입구인 셈이다. 여기서 그는 죽음을 겪고 다시 부활한다.

성경에는 형들이 짐승 피를 묻힌 그의 옷을 아버지 야곱에게 직접 가져다준 것으로 되어 있지만, 작가는 훨씬 설득력 있게 사실적으로 묘사해 준다. 다른 사람에게 물증을 들려 보냈다는 것이다. 말보다 강력한 물증! 말은 일단 의심해 볼 여지를 남기지만, 물증은 그렇지 않다. 믿지 않을 수 없는 것이다.

요셉은 그걸 보고 기절할 아버지를 생각하고 많이 울지만, 그것이 아버지가 감내해야 할 몫이라는 것을 인정한다. 자신의 교만 못지않게 자신을 지나치게 사랑한 아버지의 잘못도 깨달은 것이다.

야곱의 반응에서 작가의 기발한 발상과 해학이 여실히 드러나는데, 야곱은 머리에 재를 뿌리고—이는 성서 욥기 편에 등장하는 욥의 모습과 흡사하다—신에게 따지고 든다. 이럴 수가 있느냐고. 서로 거룩해지기로 맹세하고 동맹을 맺고서, 당신은 어째서 인간보다 처져서 아직도 사막의 신이었을 때처럼, 그렇게 거칠고 고약한 성품을 버리지 못했느냐고.

사막의 신? 기독교에서 유일신(唯一神)으로 섬기는 신의 이름 야웨[59]는 아무것도 없던 데서 툭 튀어나온 이름이 아니다. 아주 먼 옛날, 호랑이 담배 먹던 시절, 아니 어쩌면 그 호랑이의 어미 호랑이가 담배 먹던 시절에, 자신들을 가리켜 신(주인님)을 위해 싸우는 사람, 한마디로 '신의 전사(戰士)'라 부르는 자들이 있었다. 신의 전사? 그건 '이스라-엘'이 되는데? 그렇다. 오랜 세월 싸움과 도적질을 일삼던 이 사막사람들이 섬긴 신의 이름은 바로 야후이다. 그럼 야후는 어떤 신이었을까? 작가가 소개하는 야후의 프로필은 대략 아래와 같다.

---

[59] 조철수의 『메소포타미아와 히브리 신화』에 따르면, '야훼'라는 음역은 잘못이다.

분노를 참지 못하는 전사(戰士). 섬기기가 쉽지 않은 사나운 요괴(妖怪). 거룩함보다는 악령의 특성이 더 많고, 술수에 능한 독재자. 언제, 어떻게 돌변할지, 예측할 수 없어서, 긍지뿐 아니라 불안과 두려움을 낳는 신. 이 악령의 충동적인 본성을 길들이려고 그를 섬기는 자들은 마법이나 피의 의식을 행했다. 피의 의식? 예를 들어보자. 야후가 공연히 한밤중에 나타나, 이성적으로 생각하자면, 호의를 보여줘야 마땅한 남자를 덮쳐 목을 조르기 시작했다고 치자. 그러면 그의 아내는 서둘러 칼로 아들에게 할례를 해줘서, 이 심술쟁이 신의 수치심을 일깨우고 주문을 외는 거다. 그러면 부끄러워진 신은 목을 조르다 말고 사라진다. 이렇게 문명사회에 전혀 알려져 있지 않던 야후는 그러나 앞길이 창창하다. 아브라함(아브람)의 신관(神觀)에 흡수된 덕분에 신학적으로 대단한 발전을 겪은 셈이다. 갈대아의 우르 사람인 아브라함의 정신적 사변과 이 사막 부족의 육신과 피가 결합하는 가운데, 야후가 지녔던 사막의 특성도 인간 정신을 거치면서 자기실현을 꿈꾸는 신의 본성에 가까워진 것인데, 한편 그 형상을 결정하는 데 도움을 준 다른 신들도 있다. (제1권, 2부 야곱과 에사오, 야곱은 과연 누구였는가?, pp.211~213, 요약)

이 다른 신들의 이야기는 나중에 따로 하겠다. 야곱은 자신이 섬기는 신께 어째서 아직까지 사막의 잔재인 이 야후의 고약한 성격을 버리지 못했느냐고 타박을 준 다음, 급기야 아들 요셉을 찾으러 저승으로 내려가겠다고 한다. 가서 도로 살려내겠다는 것이다. 엘리에젤한테 들려주는 계획을 보면, 유대교 전설의 골렘을 연상시킨다. 점토 인형에 숨을 불어넣는 장면과 아주 흡사하기 때문이다. 유대 전설을 다룬 책을 읽은 작가가 이 이야기를 참조했을 확률이 크다(이에 관해서는 나중에 다시 언급할 기회가 있다).

한편, 요셉은 낙타를 타고 지나가던 상인들에게 사흘 만에 구조된다. 노예로 팔아치우기로 생각을 바꿨던 형들이 한발 늦은 셈이다. 하지만 형들은 운 좋게 상인 일행과 그들이 우물에서 꺼낸 동생을 만나고, 요셉을 자신들의 종이라고 속이고 상인들에게 팔아버린다. 몸값으로는 20세겔(세켈)을 받는다. 예수는 은 30에 팔렸던가?

이집트에서의 요셉

요셉은 역시 복이 많다. 그를 사들인 이스마엘 상인 노인은 어떻게든 좋은 집에 보내주려고, 이집트의 대인 포티파르(보디발)의 집에 다시 노예로 판다. 요셉이 이집트에서 훗날 재상으로 우뚝 서게 된 것도 이 집에 있었기에 가능했다. 작가는 친절하게도 이 집에 당도하기까지의 이집트 지형을 눈앞에 보일 듯이 상세하게 그려준다. 가자(기제)를 지나면 이집트의 국경 젤 요새, 거기서 페르-숩드를 거쳐 고양이의 도시 페르-바스테트, 태양의 도시 온에 이른다. 요셉은 피라미드와 스핑크스도 구경한 후, 예전의 수도인 멤피스로 간다. 하지만 이집트가 도대체 어떤 나라인

기제의 스핑크스.
이집트에 처음 발을 들여 놓은
요셉이 본 스핑크스일지도 모른다.

가? 아버지 야곱이 아랫세상으로 여기는 곳이다. 거긴 한마디로 지옥, 곧 죽음의 세상이다. 그래서 요셉은 자신의 이름을 새로 짓는다. 그것은 죽은 자의 이름, 우사르시프(오사르시프)이다. 그는 이제 죽은 자들의 신 우시르의 백성이 된 셈이다. 요셉이 죽은 자? 그렇다. 아버지 야곱에겐 이미 죽은 자식이었다.

멤피(멤피스)에서 배를 타고 나일 강 상류 상이집트에 있는 수도 베세(테벤)로 간 요셉은 파라오의 명예 고위 관료인 포티파르의 집에 팔리게 된다. 하지만 신분이 제일 낮은 종이 대뜸 주인을 만날 수 있는 건 아니다. 처음엔 집주인의 부모인 후이와 투이의 벙어리 시중 노릇을 하면서 집안의 숨겨진 상황에 관해 정보를 얻게 되고, 다음엔 정원에서 정원사 조수 노릇을 하다가, 마침내 결정적인 순간을 맞아 주인과 대화하게 된다.

주인 포티파르! 그는 환관이다. 거세된 남자! 이건 성경에 없는 부분이다. 쌍둥이 오누이로 자라다가 부부가 된, 그의 어리석은 부모가 파라오에게 아들을 바쳤기 때문이다. 원시모계사회의 동종 교배라는 수렁에서 벗어나 새롭게 도래하는 부계사회와 화해할 생각에 아들을 빛의 내시로 만든 것이다. 그렇다면 파라오가 곧 빛? 그렇다. 스스로 신이라 칭한 파라오는, 다들 아시다시피 바로 밝고 밝은 빛, 태양을 상징하는 신이기 때문이다. 어머니는 땅, 곧 암흑이며 아버지는 하늘이니, 빛은 아버지의 것이라는 이분법이 곧 남녀차별로 이어지는 건 아닌가 하여, 벌써 이마에 주름이 잡히는 페미니스트가 계시다면 소설 속에서 해답을 찾아보길 권하고 싶다.

명예 고관에 명예 남편이며, 명예 인간인, 한마디로 인간으로서 영(0)인 주인! 그에게 자신감을 불어넣는 요셉의 기지와 재치도 탁월하지만, 작가의 이러한 인물 설정은 요셉을 유혹하는(?) 포티파르의 부인, 곧 여주인을 이해할 수 있는 멋진 장치가 되기도 한다.

무트-엠-에네트, 그녀는 여사제로 순결한 수녀였다. 성경을 읽고 언뜻 연상하는 요부와는 거리가 멀다. 그녀가 요셉을 만나 한 '여자'로 변하는 과정에는 아름다움과 성의 관계도 명쾌하게 드러난다. 성을 수단으로 내세운 아름다움? 그건 아름다움이 아니다. 굳이 아름다움이라 불러야 한다면, 마녀의 아름다움이라 할까! 그렇다면 진정한 아름다움이란? 이에 관한 작가의 생각은 본문(제4권, 7부 구덩이, 아픈 혀, p.799)에 상세하게 나와 있다.

한편 성적 능력과 금욕의 문제는 상반된 두 난쟁이를 예로 들어 한판의 익살극으로 다뤄진다. 결혼해서 자식을 낳은 난쟁이 두두와 그렇지 않은 곳립. 두두는, 키가 작은 자신이 다른 남자들처럼 정상적으로 성장한 여인과 결혼한 스스로의 성적 능력에 대한 자부심이 하늘을 찌른다. 보수주의자의 한 대변인인 그가 새로운 물결로 대비되는 하찮은(?) 존재 요셉의 성장을 인정할 수 없어 그를 파멸로 몰고 가기 위해, 여주인을 꼬드기고 요셉의 존재를 상기시키는 것이 그의 역할이다. 반면 곳립은 성(性)과는 거리가 먼 이성적인 정신을 대변하는 자로, 약하지만 선한 성품을 지녀서 요셉에게 욕정을 누르라고 경고한다.

작가는 성경의 한 구절(여주인이 요셉에게 동침을 요구한 내용으로 창세기 39장 7절)에 무려 100페이지도 넘게 할애함으로써 여주인이 요셉에게 마음을 빼앗기면서 무너지는 과정을 세밀하게 보여준다. 그러다 마침내 결정적인 사건이 터지는 것이다.

"하루는 그가 일을 보러 집안으로 들어갔는데 마침 집안에 사람이라곤 아무도 없었다. 그는(포티파르의 부인) 요셉의 옷을 붙잡고 침실로 같이 가자고 꾀었다. 그러나 요셉은 옷을 그의 손에 잡힌 채 뿌리치고 밖으로 뛰쳐나갔다."(공동번역 성서의 창세기 39장 11-12절)

전후사정 묘사는 또 한번 작가의 놀라운 상상력을 보여준다. 집안에 왜 다른 사람이 없었을까? 그날은 설날이었다. 다들 축제 구경을 간 것이다. 그럼 유독 요셉만 먼저 돌아온 이유는 또 무엇이었을까? 여자뿐 아니라 요셉 또한 이미 욕정의 노예가 되어 있었기 때문이다. 더 정확히 표현하자면, 온갖 영리한 달변으로 그녀의 요구를 거절한 그였지만, 그의 육신은 정신을 거역한 어리석은 당나귀 신세였던 것이다.

자신을 겁탈하려 했다는 여주인의 고발에 응당 사형에 처해졌어야 할 요셉이 목숨을 구할 수 있었던 건, 포티파르의 현명한 판결 덕분이었다. 두번째 구덩이인 감옥에 떨어진 요셉은, 첫번째 구덩이였던 우물에서처럼 사흘이 아니라 꼭 3년 만에 부활하게 된다. 하지만 3일과 3년, 숫자는 같지 않은가! 참고로 이 소설에서 숫자는 중요한 상징으로 쓰여진다.

먹여 살리는 자, 요셉

연애 소설에 뒤이어 등장한 이 정치 소설은 창세기 40장부터 50장까지의 내용을 그린 것이다. 막이 오르기 전, 애초부터 인간 창조를 못마땅하게 여긴 천사들의 불편한 심기를 다룬 서곡이 등장한다. 거길 보면 천사들은 대략 다음과 같은 생각을 하고 있다.

신은 왜 자신들로 만족하지 못하고 인간이라는 결점투성이의 종자를 만든 것인가? 동물은 영혼이 없지만, 생산능력이 있고, 천사에게는 생산능력은 없으나 영혼이 있다. 이 두 가지를 혼합한 '천사동물'! '신을 본뜬 존재'! 그렇다면, 이렇게 타락하여 죄를 물 마시듯 하는 존재가, 정말 신을 가장 많이 닮은 존재라면, 그럼 신도 혹시? 신은 자신의 거울상인 인간이 하는 짓에 화가 나서 몇 번이고 완전히 쓸어버리려고 했다.

천사들은 신이 인간을 만든 건 순전히 '자기인식'을 위해서라고 생각한다. 자신이 어떤 존재인지 알고 싶은 호기심을 억누르지 못해서, 이런 실수를 저질렀다는 것이다. 또 다른 가정도 가능해진다. '만일 인간이 선행만 한다면, 신이 옳고 그름을 판결하고 죄를 용서해주는 의미에서 은혜와 자비를 베푸는, 이 기분 좋은 역할을 할 기회가 없어지는 건 아닐까? 그러니 신은 은근히 악이 생기기를 바라는 건지도?'

이제 스물일곱 살이 된 요셉은 교도소장 마이-사흐메의 눈에 들어 그의 조수 역할을 하게 된다. 다른 죄수들은 물론 그곳에 파견된 병사들까지 강제노역을 하는 판에 이들을 관리하는 감독이 된 것이나 마찬가지이니, 역시 요셉은 복이 많다. 그가 감옥에 있는 사이 파라오 아멘호테프 3세가 죽고, 그 아들 에흔아톤이 새로운 파라오로 즉위하여 아멘호테프 4세가 된다.

그런데 아멘호테프 3세가 아직 살아 있을 때, 그에게 포도주를 따르는 고관과 빵을 올리는 고관이 요셉이 있는 감옥으로 유배된다. 파라오를 암살하려는 모반을 꾀했다는 혐의를 받은 것이다. 성경에는 간단히 잘못과 범죄로 표현된 사실이, 작가의 상상력을 만나 어떻게 구체적으로, 설득력 있게 그려지는지 본문에 잘 나타나 있다. 두 고관은 같은 날 꿈을 꾸고, 우리들의 꿈꾸는 자 요셉은 이들의 꿈을 해석해 준다. 덧붙이자면 이 둘의 인물 묘사와 이들이 요셉과 나누는 대화의 구성 또한 절묘하다.

그후 요셉의 꿈 해석대로 포도주를 따르는 자는 혐의가 풀려서 다시 복직되고, 빵을 올리는 자는 형장의 이슬로 사라진다. 요셉은 둘 다 머리가 들어 올려진다고 했다. 차이가 있다면, 한 명은 파라오의 앞에서 다시 얼굴을 들게 되고, 다른 사람은 십자가에 매달려 고개를 세우게 된다는 것이라고. 빵을 올리는 자가 모반에 실제로 참여한 건 사실이나, 그건 정치적 신념에서 나온 결단이며, 다른 고관이 이에 관해 전혀 모르고 있었던 것은 워낙 입이 가벼워 아무도 끼어주지 않았을 뿐이지, 그가 착해서 악행을 피한 것은 아니라는 말도 덧붙인다. 그래서 꿈을 해석해 준 요셉 자신을 잊지 말아달라는 부탁을 들어주겠다고 장담하는 그 고관에게 발등에 불이 떨어지기 전에는 그러지 않으리라고 요셉은 말한다.

그러다 드디어 그날이 온다. 이번에는 새로 즉위한 젊은 파라오가 꿈을 꾼 것이다. 꿈 풀이를 제대로 하는 자가 없어 다급해진 포도주를 따르는 자가 그제야 요셉을 기억해 내고 그를 천거했기 때문이다. 어떤 꿈이기에? 성서의 진술을(창세기 41장 1-8절) 간략하게 소개하면 이렇다.

> 파라오가 강가에 서 있는데 물에서 일곱 마리의 살찐 암소가 올라오고 뒤이어 여윈 암소가 일곱 마리 올라온다. 그러더니

이 흉측하게 생긴 암소들이 살찐 암소들을 잡아먹는다. 놀라서 잠을 깬 파라오는 또 한번 꿈을 꾼다. 이번에는 통통하게 잘 여문 곡식 이삭 일곱 개와 말라비틀어진 이삭 일곱 개가 나타난다. 그런데 다 타버린 이삭이 탐스러운 이삭을 먹어 치운다.

작가는 이 꿈도 멋지게 치장하여 대번 아하! 할 수 있도록 만들어준다. 에흐아톤은 여러 가지 형태로 구현된 여러 명의 신 대신 추상적인 정신적 신 한 명만 섬기려 한다. 당시 이집트 제국의 신으로 검은 땅의 소를 많이 가진 아문 대신, 빛의 신인 아톤을 받들려 한 것이다. 그는 이런 정신적인 사색을 즐길 뿐, 정치에는 관심이 별로 없다. 아버지가 서거한 후 처음에는 어머니가 섭정을 했고, 나중에 나이가 차서 실제로 권력을 손에 넣고도, 어머니로부터 완전히 독립하지는 못한다. 그러니 세상 돌아가는 일에 일가견이 있는 요셉이 얼마나 반가웠겠는가. 아니, 이런 파라오와 요셉을 만나게 한 작가의 발상이 얼마나 기발한가!

아무튼 요셉은 에흐아톤이 자신을 파라오를 대변하는 입으로 이집트의 맨 꼭대기에 앉히도록 그와의 대화를 멋지게 이어나간다. 일단 7년 간의 풍년이 이어진 후 7년 간 가뭄이 찾아온다고 꿈을 해석한 요셉은, 대비책을 강구하도록 설득하고 자신을 그 책임자로 지명하게 한 것이다. 아까도 말했듯이 이 파라오는 수확을 거두는 검은 땅의 영역에는 문외한이다. 그의 관심사는 오로지 빛의 세계, 정신일 뿐이다. 따라서 그에게는 '위와 아래를 이어주는 중개자'가 필요하다. 그것도 여러 사람이어서는 안 되고 단 한 명이어야 한다. 요셉은 그렇게 말한다. 하늘과 땅을 이어주는 중개 역할을 하는 달도 하나이지 여러 개가 아니라고. 너무 비민주적인 발상인가?

이렇게 이집트의 재상이 된 요셉은 차츰 이집트 사람이 다 되어 이집트 여자와 결혼도 한다. 파라오가 직접 중매를 선 이 결혼 상대는, 태양의 도시 온의 제사장 딸인 아스나트(아세낫, 아스낫)이다. 그리고 아들도 두 명을 얻는다. 그 이름은 메나세(므낫세, 므나쎄)와 에프라임(에브라임)이다.

요셉은 풍년이 계속될 때, 수확의 5분의 1을 세금으로 내게 하여—10분의 1을 바칠 때 '십일조'라 하므로 이는 '오일조'라고 할 수 있다—새로 지은 곡식 창고에 저장해 둔다. 그리고 이 저장 식량을 아쉬운 때에 적절히 처분하여, 장난기와 지혜가 어우러진 현정(賢政)을 펼친다. 부자나 가난한 자나 먹을 양식이 필요하기는 마찬가지이다. 그는 부자에게는 비싼 값에 팔고, 가난한 자에게는 무상으로 나눠 주고, 파라오의 정적(政敵)에게는 자식들을 인질로 잡고 곡식을 판다. 가혹함과 자비가 함께 하는 것, 이걸 가리켜 작가는 '신과 같은 거룩한 특성'이라 표현한다. 참고로 덧붙이자면, 작가는 장난기와 지혜가 하나로 합쳐진 현군과 그의 정치를 미국과 연결시킬 경우 루즈벨트 대통령과 그의 뉴딜 정책에 비할 수 있다고 말한 적이 있다.[60] 작가는 개인적으로 루즈벨트의 초대로 아내와 딸 에리카와 함께 백악관에서 이틀간 머문 적도 있다.[61]

---

60) 폴 딕슨 Paul Dickson에게 1950년 9월 3일에 쓴 편지.

소설 이야기로 돌아가면, 온 세상이 가뭄으로 기근이 들자, 사방에서 이집트로 식량을 사러 온다. 온 사방? 그럼 헤브론에서도? 당연하다. 형들이 오는 것이다. 그럼 만나자마자 덥석 손을 부여잡았을까? 아니다. 요셉은 또 한바탕 익살극이 벌어진 후에야 자신이 누군지 밝힌다. 이 부분 역시 작가의 멋진 연출 솜씨를 만나 성서의 기록에 생기를 더해 준다. 그리고 야곱과 함께 그의 가솔 모두는 이집트로 이주하게 된다. 늙은 야곱은 요셉의 아들들을 축복하면서 장난기를 발휘한다. 이전에 자신이 형 에사오를 속여 축복을 받았던 것처럼 요셉의 장남이 아니라 차남에게 오른손을 올리고 장남에게는 왼손을 올린 것이다. 이처럼 오른손에 더 강한 축복의 힘을 인정하는 것은, 오른쪽을 바른손이라 부르는 우리 언어 습관과도 일맥상통하지 않은가.

야곱은 이들뿐 아니라 죽음을 앞두고는 열두 아들 모두에게 축복을 내린다. 상속자! 이 문제는 예나 지금이나 중요하다. 도대체 누구한테 집안 대대로 전해진 유산을 물려주느냐? 이 가문의 경우는 물론 단순히 물질적인 재산을 뜻하는 게 아니다. 구원의 언약이라는 정신적 유산을 물려받을 수 있는 자! 사랑하는 아들 요셉을 상속자로 삼고 싶었던 야곱이었다.

그러나 요셉은 이미 이집트로 '옮겨 심어진' 세속의 사람이 되었다. 그래서 다윗을 거쳐 구세주 예수로 이어지는 혈통은 안타깝게도 요셉을 비껴갔고, 그는 겸손하게 자신의

---

61) 1941년 1월 19일 에른스트 베네딕트 Ernst Benedikt에게 쓴 편지.

운명을 받아들인다.

"저는 주님께서 보내신 영웅도 아니며 정신적인 구원을 가져오는 사자도 아니며 그저 내무재상일 뿐이니까요. 따라서 어리석게도 제가 형님들께 조잘댔던 꿈에서, 여러분의 곡식단이 제 곡식단 앞에서 머리를 숙인 것은 그렇게 대단한 일을 뜻한 게 아니었습니다. 그저 아버지와 형제들이 저로부터 육신의 먹을 것과 함께 평안을 얻어 고마워하게 된다는 정도일 뿐입니다. 빵을 얻으면 '참 고맙습니다'라고 인사를 하지, 곧 '주를 찬미하라!'고 환호하는 것은 아니니까요." (제6권, 6부 거룩한 놀이, 다투지 마세요!, p.675)

그럼 과연 누가 상속자가 될까? 맏아들 르우벤은 아버지의 첩과 놀아나는 바람에 제외된다. 그 다음 차례인 시므온과 레위는 시겜을 피바다로 만들었으니, 이들도 물망에 오를 수 없다. 그렇게 되면 남는 건 바로 넷째인 유다가 되는 것이다.

유다의 이야기를 하게 되면, 다말에 관해 말하지 않을 수 없다. 처음엔 유다의 며느리였다가 후에 아내가 된 여인. 유다의 아들 두 명과 연달아 결혼했으나 아들만 죽게 만든(?) 괘씸한 여자. 작가는 이 여인을, 야곱을 존경하는 제자로 그리고 있다. 요셉을 잃고 외로워하는 노인의 가슴에 마지막 사랑의 불씨를 확인하게 해주기도 한 그녀는, 야곱의 이야기를 들으며 어떻게든 이 정신적인 부족의 일원이 되어 구세주를 잉태하는 모태가 되려한 결단력 있는 여자로 그려졌다. 그녀는 전후사정을 따져본 후 상속자가 유다가 되리라 예견했다. 하지만 아뿔싸! 그에게는 이미 아내가 있었다. 그렇다면 아랫대로 내려가 그의 며느리가 된다면? 그녀는 유다의 큰아들과 결혼할 수 있도록 야곱에게 부탁한다.

그러나 결혼식이 있은 지 얼마 후, 남편인 큰아들이 죽고 만다. 그녀는 동생으로 하여금 형의 후손을 잇게 해야 한다고 주장해 다시 결혼하지만, 그는 그럴 뜻이 없었던 걸까, 그 또한 얼마 못 가 죽고 만다. 여기서 주저앉을 다말이 아니었다. 그녀는 유다의 셋째 아들을 요구하지만, 아직 어리니 자랄 때까지 친정에 가서 기다리라는 답만 듣게 된다. 유다는 말만 그렇게 했을 뿐, 실제로는 전혀 그럴 생각이 없었다. 이를 눈치 채지 못할 다말이 아니었다. 그녀는 유다가 정욕의 노예인 것을 알고는 신전의 창녀로 변장하고 시아버지와 관계를 맺는다. 그녀에게는 이 위대한 가문의 일원이 되는 것이 그만큼 중요했던 것이다. 결국 아이를 잉태하여 음탕한 여자로 낙인찍히지만, 그녀는 돈 대신 담보물로 받아둔 유다의 물건들을 제시해 그로 하여금 친자로 인정하게 만든다. 정말 의지가 대단한 여자 아닌가?

처음 작가는 소설에 그녀를 등장시킬 뜻이 없었다. 그러다 삽입한 이 에피소드가 무척 아름답게 그려지자(물론 이야기의 뼈대는 성경에 있다), 의외의 소득에 아주 흐뭇해하기도 했다.[62]

---

[62] 1943년 2월 17일에 아그네스 마이어에게 쓴 편지.

야곱은 축복을 마친 후 눈을 감는다. 그는 워낙 영리하고 자신을 잘 알던 사람이라, 죽을 때까지 체력이 얼마나 남았는지 정확하게 계산해서 힘을 아끼고 아껴서, 먼 도시에 살고 있는 아들 요셉도 불러 다들 임종을 지켜볼 수 있도록 배려했다. 어쩔 수 없이 자신이 지옥이라 부르던 이집트에서 말년을 보낸 야곱이지만, 죽어서 만큼은 고향인 가나안 땅으로 돌아가고 싶어한다. 그래서 그토록 사랑했던 라헬이 묻힌 길거리가 아니라, 실제 첫번째 부인인 레아와 조상들이 묻혀 있는 가족묘에 매장해 달라고 부탁한다. 뒤늦게나마, 작가의 표현에 따르면, 사랑이 아니라, 책임을 선택한 것이다. 이로써 아름다운 이야기, '신이 창작하신 이야기, 요셉과 그 형제들'도 끝을 맺는다.

등장인물

아브라함

 원래 이름은 아브람으로 나중에 아브라함('많은 민족의 아버지', 창세기 17장 5절)이라 불리게 되는 그는, 갈대아의 우르에서 여행길에 올라 여러 곳을 거쳐 '약속의 땅' 가나안으로 들어간다. (작가는 물론 '약속 받은' 땅이라는 사실에 물음표를 던진다. 실제로는 전쟁을 치러서 얻게 된 땅을 후세 사람들이 합리화하려고 내건 구실일 확률이 높다는 것이다.) 아브람의 사람들은 일단은 가나안에서 이방인으로 살지만, 가능하면 그곳 토착인들과 결혼하는 일은 피하려고 한다.

 아브람은 '신을 발견한 자'로 신을 생각해 내고 그와 함께 서로 거룩해지기로 약속한 후 동맹을 맺는다. 물론 작가의 이러한 관점은 기독교와 유대교 전통과는 조금 다르다. 전통에 따른다면 아브람은 이사악을 제물로 바치려다가 신의 부름을 받아 믿음의 조상이 된다. 그러나 토마스 만은 진정한 신을 찾아 헤매다 마침내 발견하는 인간으로 그린다.

 아브람의 아내는 사라(사래)로, 그는 아내를 누이로 속여서, 파라오(창세기 12장 11-20절)와 아비멜렉 왕에게(창세기 20장 2-15절) 팔아 부자가 된다. 표현이 이상하지만, 작가의 설명은 본문에서 설득력을 얻는다. 사라는 아주 아름답고 매혹적인 여인이다. 다만 당시까지는 출산 능력이 없었다. 그래서 아브람은 이집트 하녀인 하가르(하갈)를 첩으로 삼아 이스마엘을 생산한다. 이스마엘은 사막의 저물어가는 태양처럼 아름다웠다. 그러나 반항아인 그는, 사라가 사람들의 예상을 깨고 고령의 나이에 낳은 배다른 동생 이사악을 희롱하여 아브라함의 가슴이 철렁 내려앉게 만든다. 희롱? 이는 동성애를 뜻한다. 아브라함은 만백성의 아버지가 되리라는 언약을 받았는데, 자신이 진정한 아들로 여기는 이사악이 이스마엘에 휘둘려 여자와 사랑을 나누지 않는다면, 어떻게 되겠는가? 사라의 부추김도 있었지만, 이 일이 더 큰 계기가 되어 하가르와 이스마엘은 사막으로 쫓겨난다. 결국 이사악은 가축을 기르는 민족의 조상, 그리고 이스마엘은 사막에 사는 자들, 그러니까 이스마엘 사람들과 멀리는 이집트인의 조상으로 간주된다. 그 어머니가 이집트 출신이니까.

이렇게 이사악만 언약의 아들로 인정해 주고, 이스마엘은 종의 몸에서 난 자식이라고 홀대하는 기독교의 편파적인 전통에 작가가 박수를 치지 않았음은 물론이다.[63]

아브람은 아들한테는 그 나라 여자를 아내로 삼지 말라고 하면서, 자신은 고령의 나이에도 불구하고, 가나안 여자 케투라(크투라)를 아내로 맞는다. 그리고 그녀 역시 수많은 자손을 낳았다. 이렇게 보면 셈 족의 순수 혈통이라는 것은 어패가 있다(셈은 노아의 아들 중 한 명이다). 그러나 아브람은 며느리를 선택하는 데는 남다른 신경을 썼다. 그곳 땅의 여자 말고 고향의 여자를 며느리로 삼고 싶어서 멀리 하란 땅으로 나이 많은 종을 보낸다. 그가 바로 엘리에젤이다.

---

63) 헤르만 쿠르츠케는 이와 관련하여 신약 성서 갈라디아서 4장 22-29절을 지적한다. (안내서, p.54와 p.184.)

엘리에젤

아브람을 대신해서 이사악의 아내가 될 리브가에게 청혼을 넣은 사람으로, 그는 우리 주인공 요셉의 가정교사 엘리에젤의 원형인 셈이다. 이 엘리에젤은 이따금 자신이 예전의 그 엘리에젤인 줄 착각하곤 하지만, 실제로 두 사람 사이의 시간은 엄청나다. 아브람과 요셉 사이에는 최소한 20대의 세월이 가로놓여 있으니까. 엘리에젤은 한마디로 '나', '개성'을 '나 아닌 존재', '타자'와 엄밀하게 구별하는 오늘날의 사람들로서는 상상하기 어려운 자아관을 가지고 있다. 타자와 구별 짓는 경계선이 물 같다고나 할까. 아니면 작가의 표현처럼, 뒷문이 열려 있어서 언제든 원형으로 흘러 들어갈 수 있는 인물인지도 모른다. 이에 관한 내용은 첫번째 소설 2부의 '달의 문법'에 잘 나와 있다.

이사악

아브라함이 신께 산 제물로 바치려 했던 아들로 (혹은 소설 속에서 바로 그 이사악이라고 여기는 자) 아내 리브가와 함께 쌍둥이 형제를 생산한다.

"달이 차서 몸을 풀고 보니 쌍둥이였다. 선둥이는 살결이 붉은 데다가 온 몸이 털투성이였다. 그래서 이름을 에사오라 하였다. 후둥이는 에사오의 발꿈치를 잡고 나왔다. 그래서 그의 이름을 야곱이라 했다. 리브가가 그들을 낳은 것은 이사악이 육십 세 되던 해였다. 두 아들이 자라나, 에사오는 날쌘 사냥꾼

이 되어 들판에 살고, 야곱은 성질이 차분하여 천막에 머물러 살았다. 이사악은 에사오가 사냥해 오는 고기에 맛을 들여 에사오를 더 사랑하였고 리브가는 야곱을 더 사랑하였다."(공동 번역 성서에 수록된 창세기 25장 24-28절)

리브가는 야곱에게 장자의 축복을 받게 하고 싶어서, 야곱을 털보 에사오로 변장시켜 절반은 눈이 먼 남편 이사악을 속인다. 그러나 작가는 이사악이 다 알면서 속는 척한 것이 아닌가 추측한다. 실은 누가 축복을 받아야 하는지 잘 알고 있었기에 이런 사기극이 벌어질 수 있도록 일부러 눈이 먼 것일 수도 있다는 뜻이다.

이사악은 야곱과 에사오처럼 성격이 대비되는 형과 아우에 관한 이야기라면 누구보다도 잘 알고 있었다. 그는 동생을 죽인 카인이 아니라 아벨이었으며, 함이 아니라 셈이었고, 세트가 아니라 우시르였다. 그리고 서자 이스마엘이 아니라 적자이며 진정한 아들이었다. 이런 그가 어떻게 에사오를 더 좋아할 수 있었겠느냐는 것이다.

앞에서 히틀러를 암시한 대목으로 이사악의 임종 발언을 소개한 적이 있다. 그는 죽어가면서 느닷없이 양처럼 울부짖는다. 그 모습이나 울음소리가 얼마나 양을 닮았는지, 그제야 사람들은 그의 얼굴이 처음부터 양처럼 생겼다는 사실을 깨닫게 된다. 그의 발언을 다시 한번 들어보자.

"인간과 아들을 대신한 아버지인 그 짐승을 우리는 먹었노라. 그러나 인간과 아들이 짐승과 신을 대신하여 도살될 날이 있으리니, 너희는 그것을 먹게 될 것이니라. 이 말은 거짓이 아니니라." (제1권, 4부 도주, 태초의 양 울음소리, p.311)

옛날의 신들은 자신을 섬기는 인간들에게 사람을 제물로 요구하기도 했다. 그중에서도 첫 소산을 바치라고, 그러니까 노예나 다른 사람이 아니라, 바로 자신의 첫아이를 죽여야 하는 경우도 있었던 것이다. 그러나 적어도 아브라함이 섬긴 엘로힘이 등장한 이후 상황은 달라졌다. 그 신은 아브라함이 진정한 아들인 이사악을 바치려 하자, 그의 목을 따지 못하게 말리고 대신 양을 잡게 했다. 그런데 이사악은 앞으로 달라질 때가 있으리라 예언하고 있다. 그래서 이를 유대인을 학살한 히틀러를 연상시키는 발언이라 하는 것이다. 히틀러를 떠올리는 또 다른 구절도 있다. 이사악과는 직접 상관없지만, 이왕 말이 나온 김에 소개해 보겠다.

단지 권세를 가졌다고 해서, 정의와 이성을 거역하여 그 권세를 이용하는 남자는 웃음거리가 되니까요. 그리고 이 남자가 아직은 웃음거리가 되지 않았다 해도, 미래에는 분명히 그렇게 될 것입니다. (제6권, 7부 되돌려 받은 자, 세력가의 어마어마한 행차, p.889)

동생을 우물에 던지고, 상인에게 노예로 팔았던 형들이, 아버지가 돌아가신 후 이제는 막강한 권력을 지닌 요셉이 행여 자신들에게 복수할까봐 두려워서 자신들을 용서해 달라고 하자, 요셉이 하는 말이다. 작가는 오로지 권력을 가졌다는 이유로 이를 마구 사용하는 자를 죄인이라 부르지도 않는다. 하지만 우스갯감이라는 표현은 이보다 더한 것일지도 모른다. 워낙 사람 같지 않은 행동이니 어이가 없어서 웃고 만다는 것이다. 이렇게 한 줄 언급한 것으로 어떻게 엎어진 물을 담을 수 있느냐고, 그의 작가로서의 양심을 의심하는 것은 금물이다. 그는 독일 국민들에게 수차 위험을 경고한 바 있다. 글뿐만 아니라 강연도 마다하지 않았다. 단편 소설 『마리오와 마법사 Mario und der Zauberer』만 해도 국수주의의 독재가 어떻게 국민들을 속이는지 여실히 폭로한 단편소설이다.

작가에게 예술은, 요사이 흔히 쓰이는 속된 표현으로 '왕따'가 되면 안 된다. 예술은 결코 자발적인 왕따가 되어서는 안 된다. 또 예술은 타의에 의해 왕따로 내몰려서도 안 된다. 이렇게든 저렇게든 예술은 역사 현실과 함께 숨을 쉬게 되며, 또 그래야 한다. 그럼 무조건 참여 예술이어야 하는 것인가? 작가에게는 이런 구분도 우습다. 예술은 현실과 함께 있는 동시에 또 그 밖에 있기도 하다. 토마스 만은 어느 편지에서 자신의 창작 행위를 윤리적 의무의 수행으로 보는 입장에는 변함이 없다고 강조한 적이 있다.

신화까지도—혹은 바로 신화이기 때문에—보다 인간답게 만드는 휴머니스트, 그가 바로 토마스 만인 것이다.

야곱

이스라엘이라고도 불리는 이사악의 아들 야곱은, 앞서

줄거리를 더듬어보면서 말했듯이, 이사악 혹은 자신을 이사악이라고 생각했던 자의 쌍둥이 아들 중 동생이다. 아버지와 형을 속여 축복을 가로챘으나 마음은 비단결처럼 여린 남자로, 신께 첫 소산, 곧 첫아들을 제물로 바치려 한 아브라함과 같은 용기가 없다. 그러나 작가는 그래서 아브라함보다는 야곱을 더 따뜻한 시선으로 바라보는지도 모른다.

소설의 신화적 논리로 따르자면, 야곱은 바로 성부(聖父)이다. 다말도 야곱이 들려주는 창조 신화를 들을 때면, 창조주께서 바로 야곱처럼 생겼으리라 여겼다. 요셉이 마지막 순간에 무트의 손아귀를 빠져 나올 수 있었던 것도, 그때 떠오른 아버지의 얼굴 덕분이다.

아버지! 무엇이 부끄러운지도 모르는 이집트에 대비되는, 수치심을 뜻하는 그 근원이 되는 것이 바로 아버지이다. 이집트는 검은 땅의 나라로 씨를 품고 싹을 키우는 어머니의 나라이다. 다시 말해서 이스라엘의 성부는 모권시대에 뿌리를 둔 이집트와 가나안의 신들과 대비되는 셈이다. 이 점에 관해서는 소설의 테마를 다룰 때 다시 언급하게 될 것이다.

라헬과 레아

야곱의 아내이며 요셉의 어머니인 라헬과 그의 언니 레아는 라반의 딸들이다. 라반은 앞에서 속물이라고 이야기했다. 그는 땅에 붙들린 인간이다. 그래서 그가 머물고 있

토마스 만의 부인인 카탸 만으로 귀여운 외모나 삶의 자세 등이 라헬의 모델이 되었다.

는 신화의 수준은 여전히 하늘이 아닌 땅, 아버지가 아닌 어머니의 단계이다. 라반은 여전히 인간을 산 제물로 바쳐야 한다고 믿는 사람답게, 집을 지을 때 첫아들을 항아리에 담아 기초 공사를 하면서 함께 파묻었다. 그렇게 하면 신의 축복을 받아 집안이 번성하리라 여긴 것이다. 뒷날 그 딸인 라헬은 야곱과 함께 아버지 집에서 도망치면서, 그가 섬기는 수호 신상들을 훔쳐간다. 그런 면에서는 그녀 또한 미신을 완전히 버리지 못한 셈이다.

작가는 라헬을 자신의 부인 카탸와 유사하게 그렸다. 귀여운 얼굴뿐 아니라 삶에 대한 적극적인 자세 등이 그렇다는 것이다. 토마스 만은 일기에서(1933년 7월 30일자) 부인과 함께 한 자신의 삶을 이상적으로 묘사한 것이 바로 라헬과 야곱의 관계라고 쓰기도 했다. 그리고 요셉을 낳을 때 라헬이 극심한 산통을 겪은 것처럼, 작가의 딸 에리카의 출산(1905)도 난산이었다.[64] 작가가 아내의 산고를 지켜본 후 형 하인리히에게 쓴 편지를 보면 이런 구절도 있다.

"출산은 예상밖으로 무서우리만치 힘겨웠습니다. 가련한 카탸는 엄청난 고통을 감수해야 했습니다. 그것은 한마디로 거의 참기 어려운 잔혹한 만행 그 자체였습니다. 전 이 날을 평생 잊지 못할 것입니다. 지금까지 저는 삶과 죽음이 무엇인지는 나름대로 알고 있었습니다. 그러나 출산에 관해서는 몰랐습니다. 이제야 저는 이것 또한 삶과 죽음과 마찬가지로 무척 심오한 것이라는 사실을 깨닫게 되었습니다. 그러나 출산 직후의 광경은 모든 것이 평화를 보여주는 한 편의 전원시였습니다.……스스로도 귀여운 아이처럼 보이는 어머니의 가슴에 안겨 있는 아이의 모습은 (거의 40시간이나 이어진) 출산이라는 고문에 빛을 부여하여 그것을 거룩한 것이라고 선포하는 것이었습니다."[65]

토마스 만은 여기서 부인의 산고를 '잔혹한 만행'이라고 표현하고 있다. 이것은 앞에서 잠깐 소개했던 니체 철학의 흔적이라고도 할 수 있다. 부정적인 고뇌의 세계를 만들어내는 원초현상을 니체는 '잔혹하고 무서운 세력 grausame furchtbare Mächte'이라고 말했는데, 그 잔혹하고 무서운 세력이 저지른 만행이라는 뜻으로 이해할 수 있기 때문이다.

라헬은 사랑받는 여인이었고 선택된 연인으로 정실이지만, 엄밀한 의미에서는 두번째 부인이다. 라헬은 매력적이

---

64) 헤르만 쿠르츠케도 자신의 안내서 p.61과 p.185에서 이를 지적하고 있다.
65) 헤르만 쿠르츠케가 자신의 안내서 p.185에서 인용한, 토마스 만의 1905년 11월 20일자 편지.

고 귀여운 여자인 반면, 언니 레아는 튼실한 몸을 가진 대신 얼굴은 못생겼다. 또 라헬은 특히 눈이 아름다운데, 레아는 눈 다래끼를 달고 다니는데다, 사팔뜨기이다.

한마디로 라헬은 야곱이 사랑하는 아내이며, 레아는 책임과 관련된 아내이다. 전통을 따르자면 자손을 낳아 조상들께 누를 입히지 않아야 하는 조강지처로 남편이 끝까지 책임져야 할 아내 말이다. 결국 야곱도 죽음을 앞두고는 책임을 우선시하여 사랑하는 아내 라헬이 아니라 레아 곁에 묻힐 결심을 한다.

요셉

야곱에게는 열두 아들이 있다. 예전에 우리네 어머니들은 혼자서 이만큼 낳기도 했지만, 야곱의 경우에는 정실이 둘, 측실이 둘, 이렇게 네 명의 부인이 낳은 아이들이다. 측실들은 정실에게 딸린 몸종들이다. 야곱은 우선 레아에게서 여섯 명을 얻고, 라헬의 몸종 빌하에게서 두 아들, 레아의 몸종 질바에게서 두 아들, 그리고 마침내 사랑하는 아내 라헬로부터 열한번째 아들인 요셉과 막내 벤야민을 얻는다. 레아와 몸종들이 낳은 아들들은 거의 다 '거친' 반면 가장 '세련된' 아들이 요셉이다. 귀엽고 매력적인 어머니 라헬 덕분이다.

요셉은 신의 축복을 받은 귀염둥이에 외모까지 수려하며 자기가 아름답게 생겼다는 것을 누구보다도 잘 안다. 그리고 앞에서도 말했듯이 늘 꿈을 꾸는 그는 예술가이기도 하

파울 에렌베르그.
화가인 그에게서 작가는 한때
동성애를 느끼기도 했다.

다. 그러나 형들의 눈에는 멋만 부리는 거만한 개구쟁이 악동인 것도 사실이다. 앞에서 줄거리를 살펴보면서 요셉이 형들한테 자신이 꾼 꿈 이야기를 들려줬다는 말을 했다. 요셉이 꿈을 꾸는 자라면, 형들은 행동하는 자들이며, 동생이 장난기와 유머를 지녔다면, 형들은 단순한 사람들이다. 또 요셉이 자웅양성(작가는 이를 가리켜 숫자로는 2라고 표현한다. 포티파르는 그래서 0이었다)으로 여성적인 아름다움까지 보여준다면, 형들은 거칠기 짝이 없는 사내 그 자체이다. 또 다른 대비를 들자면, 명민한 정신과 우둔한 머리, 아름다움과 범상함, 예술과 생활이 될 수도 있다.

이러한 요셉의 모델이라 부를만한 인물이 작가의 주변에 있었다. 파울 에렌베르그이다. 토마스 만이 25살일 때, 이 젊은 화가에게 사랑을 느낀 적이 있다 한다.[66] 말하자면 두 사람의 관계에는 동성애의 색채가 깔려 있다고도 할 수 있

파라오 앞에 선 재상의 모습이다.
이집트로 간 요셉의 모습도 이랬을까?

다. 작가는 일기에서(1934년 5월 6일) 당시의 느낌을 이렇게 묘사했다.

"오, 널 사랑한다. 오, 하나님! 널 사랑해!"

그렇다고 요셉의 외모까지 이 화가처럼 그렸다는 건 아니다. 부분적으로는 토마스 만이 집필에 참고한 사진과 문헌 자료집에 수록된, 14세의 아름다운 스페인 소년에게서 영감을 얻었고, 일부는 상상의 산물일 수도 있다. 그렇지만 이집트인이 다 된 요셉의 경우에는 확실한 모델이 있다. 하지만 토마스 만이 처음부터 어떤 특정한 모델을 보고 요셉을 구상했다는 뜻은 아니다. 작가는 요셉 소설은 어떤 모델에서 출발하지 않은 작품이라고 밝혔기 때문이다.[67]

---

66) 안내서, pp.64~65.
67) 1940년 3월 23일에 빅토르 폴쩌 Victor Polzer에게 쓴 편지.

그리고 요셉은 이 소설에서 신화의 옷을 여러 벌 입고 있는데, 우선 이집트인들은 그를 가리켜 '아돈(주인님)'이라 부른다. 아름다운 그리스의 미소년 아도니스가 연상되지 않는가? 뿐만 아니라 요셉은 이미 언급했듯이 바빌론 신화의 탐무즈, 다시 말해서 갈기갈기 찢긴 자, 제물로 바쳐진 자로서 '동쪽의 우시르'이며, 예수처럼 죽음을 이기고 부활한 자이다. 또 그는 수염을 단 어머니-여신 이쉬타르가 몸 달아 한 길가메쉬이기도 하다. 이 소설에서 이 여신의 역할은 포티파르의 부인인 무트가 맡았다.

이집트의 요셉, 혹은 오사르시프는 이집트의 우시르로서 '인내하는 자로 사지가 토막으로 잘린 자'이며 '갈기갈기 찢긴 자', '제물'이다. 우시르는 다시 온전한 몸이 되어 에세트(이시스)와 함께 호르(호루스)를 생산하지만, 물론 요셉이 이 단계까지 이르지는 않는다.

또 요셉은 스핑크스 앞에 서 있는 오이디푸스이며, 처녀 마리아에게서 탄생한 예수이다. 요셉이 포티파르에게 어머니 라헬을 가리켜 처녀라 말한 것도 이런 맥락에서이다. 물론 그녀가 흔히 생각하는 처녀는 아니다. 처녀가 어떻게 아이를 낳겠는가? 그런데 왜 그렇게 말하는 것일까? 그 대답은 요셉의 발언에(3권, 4부 지고한 분, 주인 포티파르 앞에서 발언하는 요셉, p.363) 잘 드러나 있다. 라헬은 동시에 호르에게 젖을 물리는 이시스이기도 하다.

야곱도 이미 아내를 하늘의 거룩한 처녀요 어머니-여신으로 여겼고, 그녀가 안고 있는 갓난아기를 기적의 소년이요 기름 부음 받은 자, 다시 말해서 성물(聖物)로서 귀하게

이시스 여신이 호루스에게 젖을 물리고 있는 모습이다. 이 모습에서 사람들은 성모 마리아가 예수를 안고 있는 것을 연상하기도 한다.

들어 올려진 자로 보았다. 요셉은 신의 어린양이며 십자가에서 갈기갈기 찢긴 자이며 아래로 내려갔다가 다시 살아난 자이다. 그래서 이집트에서 동생을 재회한 후 아버지 야곱에게 돌아간 형들은 요셉이 부활했다고 말한 것이다.

형제들

야곱의 아들은 모두 열두 명이라고 했다. 이중 열한번째 아들 요셉과 열두번째 벤야민만이 라헬이 낳은 아들이다. 나머지 열 명의 형들을 차례대로 소개하면,

르우벤, 시므온, 레위, 단, 유다, 납달리, 가드, 아셀, 잇사갈, 즈불룬이다.

이들은 말과 지혜에 관해 아무것도 모른다는 사실을 영광스럽게 생각하는 자들로 묘사된다. 지성인들이 아니며 그저 자연과 본능, 육신과 삶을 대변하는 이들 중 레아의

첫아들인 동시에 야곱의 장자인 르우벤은 본디 착한 성품을 지녔다. 그러나 아버지의 애첩 빌하를 넘보는 바람에 장자로서의 권리를 잃게 된다. 요셉을 사랑하는 그는 다른 형제들 몰래 우물에서 그를 꺼내 주려 하지만, 예수를 찾아간 사람들이 빈 무덤만 발견했듯이, 그를 기다리는 것 또한 빈 우물뿐이다. 물론 그 옆에 누군가 앉아 있긴 한다. 형들을 찾아가던 요셉이 들판에서 만난 남자, 바로 천사이다. 작가는 인간으로 변신하느라 잠시 동안 떼놓은 날개를 아쉬워한다거나, 인간을 유독 사랑하는 신에 대한 불만이나 인간에 대한 멸시가 담긴 대사를 통해 그가 천사임을 암시해 준다.

시므온과 레위는 레아의 둘째와 셋째 아들로 시겜을 피바다로 만드는 데 앞장 선 자들이다. 워낙 싸움이라면 자신만만해서 아버지 야곱이 씨름에서 이긴 후 얻었다는 '이스라엘'이라는 영광스러운 이름을 들먹일 때면, 서로 옆구리를 툭툭 쳐가며 은근히 비웃는다. 이스라-엘? 신의 전사(戰士)? 아버지한테 퍽이나 어울리는 이름이군요!

측실인 빌하가 낳은 단 다음, 구원의 언약을 상속받게 되는 유다가 태어난다. 레아가 그 어머니이다. 유다는 이쉬타르의 채찍에 시달리는 자이다. 쉽게 말해서 성욕 때문에 골치를 썩는다는 뜻이다. 앞에서 다말의 이야기를 하다가 언급하기도 했지만, 아무나 신전의 창녀를 찾겠는가?

유다 다음은 빌하가 낳은 혀 놀림이 날쌘 납달리이며, 그 뒤가 질바가 낳은 직설적인 가드와 먹보 아셀이다.

레아는 외동딸 디나를 낳은 후 뼈마디가 굵은 당나귀 잇

사갈과 항구와 배를 좋아하는 즈불룬을 출산한다.

탑 같은 르우벤, 날쌘 납달리, 먹보 아셀 등 이처럼 열 명의 형제들에게 붙는 수식어는 한 가지로 고정되어 제한된 반면, 요셉에게 붙는 수식어는 여러 가지 차원으로 확대되어 있다는 것은, 만약 이 작품을 연극 무대에 올릴 경우, 요셉을 연기할 배우의 연기 폭이 넓어야 한다는 걸 뜻하는 건지도 모른다. 언젠가 이 소설이 연극으로 거듭나지 않는다고 누가 장담할 수 있겠는가? 예전에 영화로 만들기 위한 시도도 있었다고 한다. 비록 당시 시대적 상황에 밀려 안타깝게도 실현되지는 못했지만……

미디안 상인

요셉을 이집트로 데려가 주는 사람이 미디안 상인, 곧 이스마엘 사람이다. 이들에게는 정해진 집이 없다. 사람들이 어디 출신이냐고 물으면 제각각 다른 대답을 한다. 또 자신들을 뭐라 부르던 개의치 않는다. 아브라함이 크투라와 생산한 아들 미디안의 이름을 따서 미디안 사람이라 하든, 아니면 사막에 사는 부족들을 통틀어 일컫는 이스마엘 사람이라 하든, 그런 건 그들에게는 상관없다. 장사만 할 수 있으면 그만이다. 그래서 가는 곳마다 그곳 사람들이 섬기는 신들에게 깍듯이 예를 다하고, 그들의 심기를 건드리지 않는다.

이집트의 하갈이 낳은 아브람의 아들이기도 한 이스마엘이 사막으로 쫓겨났다고 했던가? 그러니 이제 요셉의 형들이 동생을 사막으로 쫓아낼 궁리를 하는 것도 이상할 게 없고, 이스마엘 상인들이 반가운 것도 당연하다.

이 상인들은 요셉을 이집트로 데려가기 위해 등장한 사람이다. 이집트는 죽음의 나라가 아닌가. 그렇다면 이들을 그리스 신화에 등장하는 상업과 교통의 신이며, 죽은 자들을 아랫세상, 곧 저승으로 데려가는 안내자인 헤르메스와 연결시켜도 되지 않을까.

미디안 상인의 우두머리 격인 노인은 어떤 상품을 손가락으로 만져보고 그 값어치를 알아맞히는 감각이 뛰어난 사람으로, 요셉의 '무늬와 결'(제2권, 6부 굴 앞의 돌, 팔아치우기, p.370)을 보고 곧 세련된 자임을 알아본다. 작가는 오랜 세월 동안 친분이 있었던 피셔 출판사 사장 사무엘 피셔 Samuel Fischer를 이 미디안 상인에 비유한 적도 있다. 요셉의 세련됨을 알아본 노인 상인은 그 세련됨과 어울리는 집에 노예로 팔기로 마음먹게 된다. 이들과 함께 이집트에 도착한 요셉이 처음 만난 중요한 인물이 포티파르 집의 집사 몬트-카브이다.

몬트-카브

포티파르의 대저택을 관리하는 집사의 모습을 떠올려 보자. 눈 밑에 무겁게 늘어진 살만큼이나 그의 어깨도 무겁다. 집주인이 하는 일이라고는 거의 없는 사람인 까닭이다. 명목상 친위대장일 뿐, 실제로 거느린 병사도 없다. 그의 삶은 처음부터 끝까지 상징적인 것이며, 명예직으로 일관

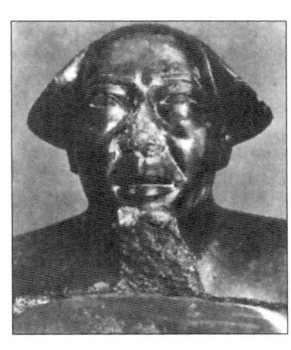

눈 밑에 두툼한 눈물주머니가 특징인 몬트-카브는 하는 일이 많아 늘어진 살만큼 어깨가 무거운 사람이었다.

된다. 상징적인 인간에, 상징적인 남편, 상징적인 대장인 것이다. 그러나 집사는 큰 집에 딸린 가솔들을 먹여 살리고 대인의 살림을 불려나가고, 자기 재산도 관리하는 등 일상적인 일에 함몰되지 않는 게 기적일 정도로 할 일이 태산 같다. 게다가 건강도 썩 좋지 않다. 작가가 성서에 거론도 되지 않은 그를 등장시키면서 환자로 소개하는 것도 재미있는 발상이 아닐 수 없다. 그가 빨리 세상을 떠나줘야, 요셉이 그 자리에 앉을 것 아닌가.

집사는 신장이 좋지 않아서 단잠을 자는 것도 쉽지 않다. 요셉은 미디안 상인에게 했듯이 그에게도 밤마다 잘 자라는 멋진 인사로 집사를 위로해 주어야 한다. 요셉의 밤 인사를 이 자리에서 일일이 소개할 수는 없지만, 몇 가지만 간단히 들어보자. 무조건 의무감에서 잠을 자야 한다는 생각과 자도 된다는, 편히 쉬도록 허락 받았다는 생각의 차이점을 부각시켜 집사의 마음을 편안하게 해준 인사도 있고, 영영 깨어나려 하지 않을 만큼 편안한 잠으로 인도하는 인사말도 있다. 물론 후자의 경우 요셉이 얼마나 놀랐는지 모른다. 자신을 위해 집사를 희생시키려는 것이 아닌가? 요셉은 신의 뜻을 감지했다.

매사를 자기중심적으로 생각하는 요셉이 너무 낯선가? 이스마엘 상인들에게도 자신을 어디로 인도하느냐고 물었던 요셉이다. 장삿길에 아무 데나 들러서 팔게 되면 팔고 아니면 데리고 있으면 그만인 노예 청년의 말치곤 당돌하다. 하지만 인간은 누구나 자신을 둘러싼 세계에서는 중심이라는 게 그의 주장이다. 그런 의미에서 미디안 상인과 집사는, 요셉의 삶을 계획하는 신의 뜻을 이루기 위한 수단에 지나지 않는다.

그럼 우리 모두가 이웃에게는 어떤 목적을 위한 수단이며, 그네들 역시 우리에게 수단이라는 뜻인가? 물론 그것만은 아니다. 어디에서 바라보느냐에 따라 그렇게 보이기도 하고, 또 한편으로는 자체가 목적이 되기도 한다. 그러나 중요한 건, 자신을 이렇게 세계의 중심으로 여기는 자라면, 다시 말해 자신을 존중할 줄 아는 자라면, 혹은 그럴 수 있도록 스스로에게 부끄러운 짓을 하지 않는 자라면, 남에게 해를 끼칠 리는 없다는 것이 작가의 생각이다.

포티파르

집사가 진정 충성을 다해 모신 주인은 포티파르(보디발) 혹은 페테프레이다. 그는 우연히 마주친 물론—요셉에게는 이제나저제나 가슴 졸인 기회이지만—새로 들어온 종 요셉의 재능을 높이 평가하게 되는 사람이기도 하다. 성서에는 몬트-카브 집사의 이야기는 물론이거니와 요셉이 집사의 자리에 오르게 되는 과정 설명 또한 없다. 요셉이 주인과 정원에서 만나 나름대로 논리를 펴 영(0)인 인간이라 할 수 있는 주인의 자신감을 북돋아주는 대사는 앞에서도 이미 언급한 적이 있다.

페테프레처럼 겉만 영예로울 뿐, 속 알맹이는 텅 빈 존재를 생각해 보라. 조금만 거칠게 대해도, 살짝 멸시하는 낌새만 있어도 큰 상처를 입지 않겠는가. 누구보다도 섬세한 요셉은 이런 연약한 주인의 심기를 부드럽게 어루만져 주며, 자신감을 얻을 수 있도록 정성스럽게 주인을 섬긴다. 요셉에게 이런 페테프레는 자신의 주변에서 '가장 높은 분'이기도 하다.

가장 높은 분, 지고한 분? 아브라함이 섬기려 했던 신도 그렇게 불리지 않았던가? 그렇다. 하지만 요셉에게는 인간이든 신이든 별 차이가 없다. 지고한 분은 무조건 섬겨야

명예 호칭을 가진 자 포티파르.
마흔이나 서른다섯쯤 된, 그의 기둥만한 다리를
보고 요셉은 형 르우벤을 떠올리기도 했다.

한다. 나중에 이는 당연히 파라오에게까지 확대된다. 아직은 파라오 근처에 얼씬거릴 처지도 못되지만……

여하튼 이 지고한 분에게는 육신의 명예가 없다. 앞에서 말했듯이 어리석은 부모로 말미암아 거세된 남자가 바로 요셉의 주인이다. 그러니 당연히 생산을 할 수도 없다. 자연의 입장에서 보면, 종족 보존이라는 중대한 의무를 수행할 수 없는 무능력자이다. 그래서 성의 의미를 숫자로 표현할 때 포티파르는 영(0)이 되는 것이다.

자, 이제 작가의 숫자 놀음이 시작된다. 남성적인 특성과 여성적인 특성이 온전히 발달하여 하나로 어우러진 청년 요셉의 경우는 숫자로 2이다. 무슨 이야기일까? 요셉은 남성이면서 동시에 여성이기도 했다는 뜻이다. 왜? 그는 신의 신부였으니까. 하지만 이렇게 1도 아니고 2나 되는 요셉의 주인은, 가련하게도 0의 신세이다. 그렇지만 그에게도 아내는 있었다.

무트-엠-에네트

무트-엠-에네트는 포티파르 정부인의 이름이다. 그러면 페테프레에게 또 다른 부인들이 있었다는 뜻인가? 당연하다. 보통 신분도 아니고 파라오의 높은 대신이었는데 규방 식구가 한둘이었을 리 만무하다. 당연히 여러 명의 측실이 있었다. 물론 이들 또한 명예 부인들일 뿐이다. 여하튼 그의 정부인 무트는 어렸을 때 부모들이 권하는 대로 파라오의 궁신으로 바쳐진 페테프레와 결혼하여, 요셉을 탐내기

이집트 어느 숙녀의 모습이다.
무트의 모습 또한 이렇지 않았을까?

시작한 30대 후반 내지 40대 초반이 되도록 생물학적으로 여전히 처녀였던 것이다. 나이를 정확히 말하지 못하는 건, 워낙 예의 바른 작가 탓이다. 페테프레의 나이는 요셉을 처음 사들였을 때 삼십대 후반이라고 대략 언급하고서는, 여자들 나이는 꼬치꼬치 따지면 안 된다고 말하니까.

이렇게 명예 남편에게 이름만 부인인 그녀의 삶은 여사제로서의 의무 수행과 사교계 생활로 채워지지만, 가슴 한구석은 언제나 허전했다. 그렇지 않았더라면, 요셉에게 한눈팔 일도 없었을 테니까. 잘생긴 히브리 노예 요셉의 등장으로 눈을 뜬 그녀의 열정이, 그때까지 잠만 자고 있던 그 뜨거운 불길은 급기야 그녀의 안정된 삶을 위협하게 된다. 신을 섬기는 여사제로서 콧대 높은 그녀가 한낱 외국인 종에게 노골적으로 함께 자 달라고 간청하기까지 어떤 시련을 겪는지 물론 성서에서는 아무런 관심도 보이지 않지만 작가는 낱낱이 들려준다. 성경 속에서는 마치 타고난 요부처럼 보이는 그녀지만, 여기서는 이런 말을 입에 올리기까지 자신과 벌이는 처절한 싸움이 잘 묘사되어 있다. 결국 싸움에 지고 나서도 그녀는 혀까지 깨물어 간신히 혀짤배기소리로 이 말을 뱉는다. 그리고 이때는 이미 제정신이 아니다. 너무 오랫동안 억눌러 온 아래 세력(간단하게 말하면 성욕이라고 할 수 있을까?)의 봉기에 져버린 것이다.

그녀의 정확한 모델은 없지만 요셉과 마찬가지로 신화적 의상은 다양하다. 우선 무트는 아담인 요셉에게 사과를 권하는 이브이며, 백조의 모습으로 접근한 제우스와 사랑을 나누고 백조의 알을 낳은 그리스 신화의 레다이기도 하다. 또 일곱 개의 산 너머에 사는 제일 아름다운 아가씨 백설공주라고 해서 안 될 이유도 없다. 왜? 자신을 깨워줄 왕자가 오기까지 잠만 자야 했던 그녀가 아닌가? 한편 무트가 이집트의 이시스라는 말은 앞에서도 했다. 그리고 그녀는 바빌론의 이쉬타르이기도 하며, 무엇보다도 그녀는 수수께끼와 비밀을 간직한 스핑크스이다. 이집트에 처음 발을 들여놓은 요셉은, 스핑크스가 자신에게 사랑한다고 말하는 꿈을 꾼다. 사나운 사자 발로 젊은 피를 탐하는 스핑크스. 도대체 스핑크스는 남자일까, 여자일까? 자리에서 벌떡 일어나면 하체에 황소 같은 고환이 흔들릴까? 아니면 암컷의 신체기관을 보여줄까? 작가는 요셉의 머리에 이런 의문을 품게 한다.

아스나트

무트-엠-에네트와 대비되는 여성 인물이 요셉의 부인 아스나트, 즉 아가씨이다. 첫날밤 '순결한' 요셉이 '순결한' 그녀를 안은 포옹은 아주 어려운 '찢기 작업'이었을 만큼 말 그대로 순수한, 철통 같은 처녀이다. 그럼 생긴 건 어땠을까?

전형적인 이집트인, 가는 뼈와 약간 튀어나온 아래턱, 여전히 아이처럼 토실토실한 볼, 입과 턱 사이가 움푹 패여 도톰하게 솟은 입술, 깨끗한 이마, 살이 조금 붙은 앙증맞은 코, 길게 그려놓은 아름다운 눈, 굳어있는 것 같으면서도 어딘가에 귀를 기울이는 듯한 독특한 시선. 뭔가 기다리는 눈빛. 어디선가 명령이 들려오지 않나 운명의 소리를 들으려는 각오가 담긴 시선. 따로 놀아서 미안하다는 듯 살며시 미소 짓는 보조개. 귀엽고 사랑스러운 얼굴. 유달리 가는 허리, 여기에 걸맞게 더 볼록

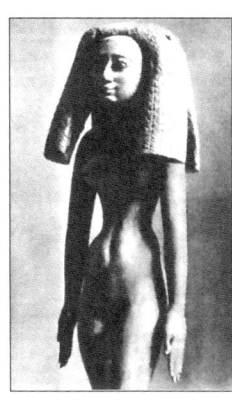

아스나트는 바로 이 이메레트-네베스와 같은 모습으로 묘사되었다.

하게 튀어나온 골반, 그 아래로 길게 이어진 배, 거기 밑에 아이를 잘 낳을 수 있는 아이 집. 꼿꼿하게 쳐든 젖가슴, 곧게 쭉 뻗은 팔, 손가락을 펴고 다니기를 좋아했던 길쭉한 손. 이것이 호박(琥珀)색 처녀상의 특징이다.

베크네혼스

요셉이 이성과 진보의 편이라면, 그의 적수는 이집트의 아문을 섬기는 대사제 베크네혼스이다. 그는 전통과 관습을 중요시하는 보수주의자로, 공포를 무기 삼아 신앙을 유지하려는 자인 동시에, 외국이라면 무조건 고개를 흔드는 국수주의자이다. 자신의 여제자인 무트에게 제국의 명예를 걸고서라도 히브리 노예인 요셉을 끝까지 유혹하여 무릎을 꿇리라고 조언할 정도이니까.

계란형의 얼굴과 매끄럽게 면도하여 절대로 뭘 쓰지 않는 두상이 인상적이었다. 그리고 특징이라면 양미간에 깊숙이 패인 주름을 들 수 있는데, 그 날카로운 표식은 얼굴에서 사라지는 법이 없어서 이 남자는 미소를 지을 때에도 엄해 보였다. 미소라야, 특별히 굽실거리는 사람에게 보상으로 내려주는 거만한 미소였지만.

그의 얼굴을 조금 더 자세히 살펴보면, 정성을 다해 깨끗하게 민 수염, 흡사 조각한 듯 표면이 고르며 동요라고는 없는 얼굴, 튀어나온 광대뼈, 그리고 양미간에 패인 날카로운 표식과 마찬가지로 콧구멍과 입 주위에도 깊게 패인 주름하며, 하나같

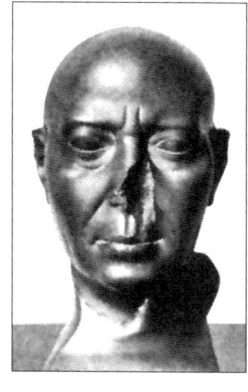

묘사된 베크네혼스의
모습을 그대로 조각해 놓은 것같다.
이마엔 주름이 짙게 패였고,
입은 절대 미소를 짓지 않을 것처럼
굳게 닫혀 있다.

이 사람과 사물을 아래로 내려다보는 인상이었다. 그것은 단순한 거만함과는 달랐다. 그보다 한 수 위였다. 그것은 세상에 존재하는 삼라만상에 대한 거부감으로, 수백 년 동안 혹은 수천 년 동안 이어진 생명의 영위 과정 전체를 부정하고 부인하는 것이었다. (제3권, 5부 축복받은 자, 베크네혼스, p.439)

난쟁이 두두

요셉 소설에 두 명의 난쟁이가 등장한다는 말은, 앞서 줄거리를 다루면서 언급한 바 있다. 물론 성경은 침묵하는 부분이다. 그림처럼 이 난쟁이는 키가 자기보다 훨씬 큰 여자와 결혼하여 아이들도 낳았다. 누구처럼? 바로 두두이다.

두두는 방금 소개한 아문의 대사제 베크네혼스와 마찬가지로 보수주의자이다. 그리고 자국인 이집트인이나 사람으로 여길 뿐, 궁핍한 곳에 사는 사람들은 사람 취급도 하지

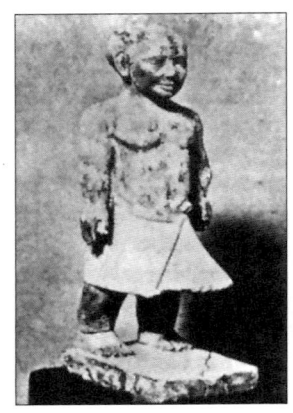 

난쟁이 세넵의 가족 모습이다.
소설 속의 두두도 세넵처럼 정상적인 여자와 결혼해 아이를 낳았다.

않는다. 물론 이 같은 시각이 그에게 국한되는 것만은 아니며, 이집트인의 일반적인 사고였다. 한마디로 자신들만 문화인이며 다른 민족들은 야만인도 못 되는 짐승 정도로 취급한 셈이다. 여하튼 그때는 그랬으며 어쩌면 지금도 이런 이집트 민족처럼 생각하는 다른 민족이 있는지도 모른다.

그러니 교만하기 이를 데 없는 '문화인' 두두에게 사막의 토끼에나 비유될 히브리인 노예 요셉이 못마땅한 건 당연하다. 두두는 처음부터 요셉을 집안에 들여놓는 것조차 극구 반대한다. 물론 집안의 노예를 사들이는 문제의 최종 결정권은 집사 몬트-카브가 가지고 있어서 두두의 방해 공작은 실패로 끝난다. 그렇다면 집사는 요셉에게서 어떤 인상을 받았을까? 요셉은 그에게 한마디로 신처럼 보였다. 신처럼? 여기에는 조금 더 설명이 필요하다. 처음 요셉을 채용하는 시험의 종목은 글씨를 쓸 줄 아는가와 계산 능력이었다. 나중에 따로 이야기하겠지만, 이집트인들이 좋아하는 신들 중에는 서기를 대변하는 토트가 있다. 장식미까지 살려서 미디안 상인의 상품 목록을 기록한 글씨와 수려한 용모, 게다가 그의 주변을 두른 묘한 분위기—왜 아니겠는가? 하늘과 땅의 축복을 한꺼번에 거머쥔 요셉이다—까지 합쳐져서 그를 인간으로 변장하고 나타난 신으로 착각할 정도였다. 그렇다고 현실적인 집사가 단순한 시골 사람들처럼 거기에 푹 빠져서 정말 신의 현현(顯現)으로 착각한 건 아니고, 얼른 그런 인상을 머리에서 떨쳐낸다. 그러나 집안에 서기라면 자신을 비롯하여 다른 하위 서기들도 여럿 있었으므로 굳이 사들일 필요도 없었다. 그런데도 요셉을 채용하게 된 데는 요셉의 인사말이 큰 몫을 했다. 인사말?

앞에서 잠깐 나왔던 밤 인사 이야기다. 미디안 상인이 요셉에게는 아름다운 말을 할 줄 아는 능력이 있다고 극구 칭찬하자, 집사가 시험 삼아 밤 인사를 시켜본 것이다. 얼마나 감동적인지 아파서 쉽게 잠을 이룰 수 없었던 집사는 눈물이 글썽해진다.

요셉이 페테프레의 집안 가솔이 되지 못하도록 한사코 집사를 말렸지만, 뜻을 이루지 못한 두두는, 이제는 어떻게든 요셉이 집안에서 높은 자리에 오르지 못하도록 방해한다. 하지만 어쩌겠는가? 요셉은 보통 인간이 아닌 것을. 그는 다름 아닌 축복받은 자이다. 다음에 이야기할 또 다른 난쟁이의 도움으로 집주인과 대면하게 된 요셉은, 파라오의 명예 친위대장인 페테프레를 아주 가까운 곳에서 모실 수 있는 높은 종이 된다. 이때 요셉을 내쫓아 달라고 난쟁이 두두가 찾아간 사람이 바로 페테프레의 아내 무트이다.

무트는 그때까지 이 노예가 있는지 없는지도 몰랐다. 그런데 난쟁이 두두가 그녀의 눈을 뜨게 한 것이다. 그녀 또한 권위적인 아문 신을 섬기는 여사제로 난쟁이 두두와 마찬가지로 외국인들에 대한 선입견이 뿌리 깊이 박혀 있었다. 그러나 남편의 옷과 보석을 관리하는 감독인 난쟁이 두두로 인해 요셉에게 눈길을 주게 된 그녀는 잘생긴 그 청년에게 마음을 빼앗기고 만다. 사랑에 국적이 무슨 상관이겠는가? 이러한 그녀의 변화를 눈치 챈 두두는 이를 오히려 더 좋은 기회로 삼는다.

두두가 누구인가? 그는 난쟁이이지만, 다른 난쟁이의 표현에 따르면, 하필이면 그 부분만 제대로 성장하여, 결혼은 물론 아이들까지 생산한 자이다. 적어도 이 영역에 관한 한 그는 전문가이다. 지금껏 성(性) 경험이라고는 전혀 없는 마님 무트의 육신에 어떤 불길이 치솟는지, 그는 단번에 알아차린 것이다. 두두는 자신이 이집트인이라는 것 외에도 생산력을 증명한 남자라는 사실에 대단한 긍지를 가지고 있다. 그런 의미에서 성불구자인 주인 포티파르는 남자도 아닌, 그렇다, 인간이라고도 할 수 없다고 생각한다. 두두는 이러한 주인의 약점을 어떻게든 이용해서 눈엣가시인 요셉을 내쫓을 치밀한 계획을 세운다. 그러려면 마님을 계속 열정의 노예로 몰고 가고, 다른 한편으로는 요셉도 부추겨서 둘이 사건을 저지르도록 선동해야 했다. 그때부터 두두의 뚜쟁이로서의 활약이 전개되는데, 이 난쟁이가 수줍어하는 마님에게 불러주고 받아 적게 한 연애편지 또한 기발하다.

어리석은 두 사람은 그의 계획에 점차 말려든다. 그러나 자신이 원하는 대로 두 사람이 갈 데까지 가려고 하지 않자, 급기야 주인을 찾아가 고자질을 해버린다. 그리고 마님이 이렇게 된 건, 주인의 성적인 무능함 탓이기도 하므로, 모든 죄는 종에게 돌려야 한다고 주장한다. 여주인이 종에게 연정을 느끼는 건, 그 종이 눈앞에 있기 때문이니, 요셉만 없어지면 그만이라는 것이다. 또 가뜩이나 여자들의 마음에 불을 붙이는 그 못된 종이 성불구가 되면, 여자들도 포기할 것이므로 거세해야 마땅하다고 한다. 그 일은 자신이 직접 하겠으니 염려 말라는 말도 덧붙인다.

물론 그런 일은 없었다. 나중에 집안에서 재판이 열렸을 때, 누군가의 신체 부위를 자르라는 판결이 내려지긴 한다. 하지만 요셉은 아니다. 오히려 난쟁이 두두의 혀가 희생된다. 못된 소리만 조잘대고 다닌 벌인 셈이다. 또한 두두는 의상을 관리하는 감독의 지위도 잃게 된다. 그럼 누가 그 자리에 대신 앉을까? 바로 또 다른 난쟁이 곳립이다.

난쟁이 곳립

집사와 미디안 상인이 요셉을 사고파는 문제로 흥정을 벌일 때, 두두와는 달리 계속해서 사야 한다고 주장한 난쟁이가 바로 곳립이다. 주로 규방의 여인들을 즐겁게 해주는 익살광대인 그는 결혼을 하지 않았다. 그의 입을 빌자면, 곳립은 난쟁이답게 살아서 난쟁이의 장점을 고스란히 지닌 자이다. 어떤 장점? 예리한 통찰력과 또 작은 키가 그것이다. 키가 작으니 아무리 작은 틈이라도 비집고 들어가 꼭 들어야 할 중요한 정보는 다 엿들을 수 있다. 못된 두두가 마님을 찾아가서 뭐라고 숙덕이는지, 아문의 대사제 베크네혼스가 자신의 여제자 무트에게 뭐라고 충고하는지 등등, 요셉의 안위와 관계된 것이면 뭐든지 다 알아내는 것이다.

그리고 곳립은 타고난 지혜 덕분에 요셉의 처지를 직시한다. 그가 보기에 요셉은 무모하게도 불을 내뿜는 황소와 맞서려 하고 있다. 불 황소? 모든 걸 초토화시킬 수 있는 무서운 불! 그건 바로 욕정이라는 불이다. 결혼도 하지 않은 그로서는 당연한 발상이다. 그러나 아무리 황소의 입김을 피하라고, 마님과 만나지 말라고 애원해도, 요셉은 들은 척 만 척 한다. 마님을 교화하겠다는 등, 헛소리와 핑계를 대기에 급급하니까. 자신의 이성을 신뢰하는 데 익숙한 요셉이다. 그러나 이런 사람의 정신도 한번 흐려지면, 이 같은 자기 신뢰는 도리어 위험의 불씨가 되는 법이다. 곳립은 이 사실을 뼈저리게 느끼게 된다. 결국 요셉이 두번째 구덩이에 떨어지는 꼴을 보게 되니까. 감옥이라는 구덩이에 떨어질 요셉, 하지만 그곳에도 요셉을 기다리는 자가 있다. 복도 많은 요셉! 그가 가는 곳이면 언제나 도와줄 사람이 있다. 감옥이라고 예외이겠는가?

마이-사흐메의 분위기를
느낄 수 있는 이 사람은 피부과 의사이자
창작활동까지 한 마틴 굼퍼트
Martin Gumpert이다.

마이-사흐메

요셉이 두번째 떨어진 구덩이인 감옥의 교도소장이다.

풍채가 좋은 대장은 약 40세쯤 되어보였다. (…) 갈색 가발과 둥근 갈색 눈, 그리고 숱이 많고 검은 눈썹, 작은 입, 붉게 그을린 갈색 얼굴, 면도 후에 자란 거뭇거뭇한 수염, 털이 수북한 팔뚝이 우선 눈에 띄었다. 무척 편안한 표정에 약간 졸린 듯하면서도 매우 총명해 보이는 인상이었다. (제5권, 1부 또 다른 구덩이, 감옥 위에 있는 관리, p.56)

그의 대략적인 모습이다. 낙천적이고 동요라고는 모르는 편안한 이 남자가 의학 상식도 많을 뿐 아니라 글까지 쓴다니, 이런 금상첨화가 있겠는가. 그의 모델이 된 마틴 굼퍼트는 유대인으로 독일에서 미국으로 건너간 의사이다. 작가가 뉴욕에서 1937년에 사귄 사람으로 작가의 딸 에리카와 오랫동안 사랑하기도 했지만, 결혼으로 이어지지는 않았다고 한다.

마이-사흐메는 우리가 선입견으로 갖고 있는 혹독한 교도소장과는 거리가 멀다. 노예든, 그곳에 파견된 병사든 부역에 투입되어 광산에서 일을 하다가 다치거나 병이 들면 직접 조제한 약으로 치료를 해준다. 그뿐이 아니다. 환자들에게는 만사를 평안한 마음으로 바라보는 그의 여유 있는 자세와 안정감이 더 큰 치료제가 되기도 한다. 환자들은 그를 보면 아픈 것도 잊는다. 아니 아파도 유난떨지 않고, 있는 그대로 받아들이게 된다. 죽음을 앞둔 자들까지도 집사의 표정을 흉내 내듯 마음의 평정을 잃지 않고 순순히 죽음에 발을 들여놓는 것이다. 한마디로 그는 가장 바람직한 의사의 모습을 보여준다고 할 수 있다.

페테프레의 서찰을 읽은 교도소장 마이-사흐메는 요셉이 여자 문제 때문에 감옥에 왔음을 알게 된다. 살인이라든가 탈세 같은, 천민들이 저지르는 범죄들과는 다른 게 남녀의 문제라는 게 그의 입장이다. 그는 이 과실은, 남의 아내를 탐하면 위험하다는 걸 알면서도 감수했다는 면에서 나름대로의 영예를 지닌 일이고, 게다가 겉으로 드러난 것만 가지고는 누가 잘못했는지가 분명치 않다고 말한다. 마님을 유혹하다니, 유혹은 예로부터 여자가 하는 게 아닌가? 이것이 그가 내린 결론이다. 아담을 유혹했다는 이브가 떠오르는 대목이다.

이렇게 처음부터 특별대우를 받은 요셉은 감옥에 오기 전의 직분과 같은, 감옥의 집사일을 맡게 된다. 훌륭한 조수가 생겼으니 약 조제하랴, 글 쓰랴 워낙 바쁜 교도소장에게도 신나는 일이다. 상부에 올려야 하는 서류를 제대로 챙기지 못해 곤란한 지경이었는데, 요셉이 온 이후로 상부의 눈치 볼 일도 없어졌다. 누이 좋고 매부 좋은 격이다. 요셉은 요셉대로 강제노역에 끌려가 육체노동에 시달릴 필요없이, 예전처럼 머리만 쓰면 된다. 물론 감옥에 있는 일꾼들을 먹이고, 일을 시키고 문서를 챙기는 등등, 그가 하는 일이 만만한 것은 아니다.

요셉은 파라오의 부름을 받고 이집트 재상이 되자마자, 마이-사흐메를 불러들여 자기 집의 집사로 앉힌다. 가뜩이나 너무 평안한 성격에 흥분할 거리도 없는 외딴 섬에서 감옥이나 지키고 있는 그를 배려한 처사이다. 번잡한 도시생활의 흥미진진함도 중요했지만, 더 멋진 일을 경험할 수 있는 기회를 주려한 것이다. 어떤 기회? 나중에 요셉과 형들의 재회를 준비하고 그 극적인 순간을 함께 연출하는 재미이다. 그뿐이 아니다. 의사로서 그 유명한 야곱의 임종까지 확인하는 영광을 얻게 된다.

성서에 이름도 올라 있지 않은 이 교도소장은 토마스 만을 만나 그야말로 절정을 맞는다. 개인적으로 아름다운 사랑까지 경험하기 때문이다. 그것도 두번이나. 그러나 여전히 같은 사랑이다. 무슨 이야기일까? 어린 시절 사랑했던—짝사랑도 사랑이라고 한다면—여자의 딸을 수십 년이 지난 후 우연히 만나 첫눈에 사랑을 느낀 것이다. 물론 이번에도 짝사랑으로 가슴만 설렐 뿐이다. 이전에도 그랬듯이 그에게는 사랑을 고백하고 청혼할 용기가 없다. 자신의 외모나 지위에 대한 콤플렉스 때문이다. 그리고 기껏 한다는 게 세번째 사랑을 기다리는 것이다. 첫사랑의 딸이 낳은 딸을 만나는 것. 정말 질릴 정도로 여유롭지 않은가? 그리고 또 다른 꿈은 이 사랑 이야기를 글로 쓰는 일이다. 이 계획에 관해 요셉은, 글을 쓰는 일도 위대하지만 그보다 더 위대한 건, 바로 삶이라고 말한다. 삶 자체가 하나의 이야기일 때 그렇다는 것이다.

에흔아톤(아멘호테프 4세)

요셉을 재상으로 만든 이집트의 파라오는 현실 정치에는 별 관심이 없고, 신에 대한 사색만을 즐기고 싶어한다. 그는 여러 형태로 구현되는 다양한 신들을 섬기는 백성들과는 달리 추상적인 유일신을 추구한다. 이렇게 정신만 받든 탓인지, 그는 왕비 노프레테테와의 사이에서 딸만 생산한

에흔아톤은 기원전 14세기경의 파라오로 태양신을 숭배하게 했었다. 그의 모습이 소설 속 아멘호테프 4세와 비슷하지 않은가.

다. 결국 왕궁에는 어머니와 부인, 누이와 처제, 그리고 딸들까지 합쳐져 여자들만 우글거린다. 이렇게 허약하고 몽상이나 하며 지나치게 정신에 치중한 인물로 그려진 이 파라오는 데카당스의 원형이라 할 수 있다. 그리고 그는 '일찍 태어난 기독교인'(물론 그리스도와의 유사성은 파라오가 아니라 요셉에게 해당된다)이기도 하다.[68] 그리고 그는 실천이 없는 철학자이며 전쟁도 싫어한다.

아래로 처진 긴 턱은 거만해 보이면서도 한편으로는 무척 피곤해 보이는 인상인데, 어디 한군데 모자란 구석이 있어서가 아니라 왠지 허약해 보였기 때문이다. 콧등은 조금 낮아 콧구멍이 유달리 넓어 보이는 좁다란 코. 꿈을 꾸듯 아래로 내리뜬 눈. 눈썹을 바짝 쳐드는 것도 힘들어 보일 정도로 피곤해 보이는 눈은, 약간 병색이 느껴지는 도톰하고 빨간—화장품을 바르지 않아도 원래부터 빨간 색이었다—입술과 대조를 이루었다. 한마디로 정신적인 특성과 육체적인 특성이 서로 복잡하게 꼬여 고통스러워 보이는 얼굴이었다. (제5권, 3부 크레타풍의 홀, 동굴의 아이, p.221)

다른 파라오가 아니라 바로 기원전 1365년에 즉위한 이 파라오를, 토마스 만이 요셉과 만나게 했다는 사실은, 작가 스스로도 인정한, 탁월한 상상력을 확인시켜 주는 부분이다. 토마스 만은 1940년에 쓴 「나 자신에 관하여」에서, 자

---

68) 헤르만 쿠르츠케도 자신의 안내서 p.92에서 이 점을 지적한다.

신의 박학다식에 대해 감탄하는 사람들에게 그들이 작가가 연구한 것으로 짐작하는 그러한 세세한 부분들은, 순전히 상상의 산물이었다고 고백한다.[69] 따라서 자신의 요셉 소설은 학술적 저술이 아니라 말 그대로 상상의 산물인 '픽션'이라는 것이었다.

테예

매끈하게 빠진 작은 코, 위로 치켜진 입술, 세상의 고달픔을 아는 입 가장자리의 주름, 붓으로 길게 그린 눈썹. 그 아래의 작고 검은 눈이 차가운 시선 (제5권, 3부 크레타풍의 홀, 파라오에게 인도되는 요셉, p.217)

그녀는 정치 감각이 뛰어난 냉철한 여자이다. 아들 파라오의 꿈을 해석하는 자리를 출세하는 기회로 이용한 영악한 '꾀보' 요셉을 나무라지 않았던 것도 그때문이었다.

요셉은 파라오의 꿈을 해석하면서 닥쳐올 가뭄에 대비하여 먼저 다가올 풍년에 거둔 수확들을 저장하라고 충고한다. 테예는 그런 일은 아랫사람을 시키면 될 뿐, 파라오가 직접 하는 일이 아니라고 면박을 주는데, 이때 요셉은 단 한 사람에게 그 일을 맡겨야 한다고 응수한 것이다. 하늘만 생각하고 사는 파라오와 땅의 소산을 먹고 사는 백성을 이어줄 단 한 사람! 그 단 한 사람은 하늘, 즉 파라오의 뜻을

---

69) 해설서, p.181.

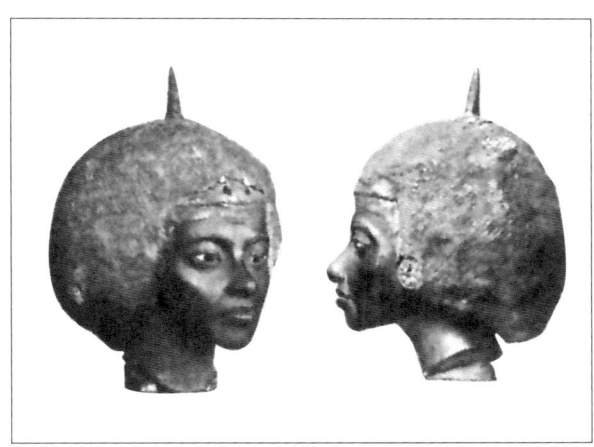

파라오의 어머니 테예는 냉철하고 차가운 여자였다.
묘사된 모습으로 상상해 보면 아마 이런 모습이 떠오르지 않을까.

잘 알아야 함은 물론이다. 파라오 스스로도 막연하게 알고 있던 뜻을 꿈 풀이를 통해 명확하게 깨닫게 해준 요셉만 한 적임자가 어디 있겠는가?

소설에 등장하는 또 다른 주요 대상

달

 달과 해. 어째 표현이 어색하게 느껴진다. 왜일까? 아하, 우리는 해와 달, 곧 일월(日月)이라고 말하는 데 익숙한 탓이다. 하지만 요셉 소설 이야기를 하려면 달과 해라고 하는 게 더 잘 어울린다. 주인공 요셉이 달의 사람이니까. 그는 쨍쨍 내리쬐는 태양 아래의 들판에서 씨를 뿌리는 농부가 아니라, 달빛을 받으며 가축들과 함께 밤이슬을 맞는 목자이기 때문이다. 요셉은 어쩌다 한번 그런 일을 할 뿐, 주업은 공부였지만, 적어도 그의 부족은 그랬다. 아버지 야곱도, 형들도 목축업이 주업이었고, 그들의 조상 아브라함도 유목민이었다.

 달은 위와 아래를 이어주는 중개자로 태양의 꿈도 알고 있다. 달은 태양에게는 수태하는 여성 같고, 땅에게는 생산하는 남성과 같은 존재이다. 만약 이렇게 중개해 주는 달이 없다면 태양과 땅은 서로에게 적이나 마찬가지가 될 것이다. 태양의 영역은 사막이며 땅의 영역은 농경지이다. 그러나 달의 영역에는 이리저리 가축을 끌고 다니며 풀을 먹여주는 목자가 이에 속한다.

 적당한 장소에 멈춰서 가축들에게 알맞은 양만큼 풀을 먹여 주는 목자? 그럼 적당한 장소에 머물러 알맞은 양의 이야기를 들려주는 화자(話者)도 달 같은 존재라 할 수 있을까? 바로 그렇다.

 중개자로서의 달. 토마스 만은 1933년 11월 25일에 쓴 일기에서, 이러한 발상이 요한 야콥 바흐오펜의 생각을 빈 것이라 말했다. 그리고 예술이라는 것 자체가 정신과 삶을 중개하는 달과 비슷하다고 했다. (1939년의 에세이 『히틀러 형제 *Bruder Hitler*』에 들어 있는 내용이다.)[70] 언뜻 제목만 보고 이 때문에 히틀러와 친한 작가였던가 의심할 사람은 없으리라. 오죽하면 망명생활을 했겠는가.

이야기가 조금 빗나갔는데, 다시 달 이야기로 돌아오자면, 달은 가만히 한군데 멈춰 서 있지 못하고 길을 떠나는 나그네 같다. 소설에는 나그네들이 많이 등장한다.

들판의 남자로 변장한 천사

요셉이 형들을 찾아가다가 들판에서 만난 남자 역시 나그네이다. 하지만 그가 단순한 나그네였을까? 아니다. 그는 천사다. 늘 달고 다니던 날개를 잠시 떼놓았음을 암시하는가 하면, 자신이 길잡이 역할을 하기도 한다고 말하는 것으로 보아서 분명 그렇다. 천사들이 하는 일 중에 길 안내도 들어 있으니까. 또 그는 요셉이 아버지 야곱을 가리켜 이스라엘이라고 부르자 심통을 부리기도 한다. 앞에서도 말했듯이 천사들은 인간이라는 종자를 원래부터 못마땅해 하는 존재들이니까. 더군다나 야곱이 이 이름을 얻게 된 게 어떤 천사와 싸운 덕분이 아닌가. 그러니 같은 천사로서 자존심도 상할 만하다.

---

70) 안내서, pp.19~20.

남자로 변장한 이 천사, 요셉의 물건을 훔치기도 한다. 왜일까? 의문이 들 수밖에 없다. 천사가 부족한 게 있단 말인가? 요셉은 우리 현대인들과는 다른 사람답게 이를 신화의 틀에 맞춰 해석한다. 아하! 저자는 도둑의 신을 섬기는 자로구나. 그래서 일종의 신앙심에서 훔친 것이려니 하고 너그럽게 봐 넘기는 것이다. 도둑의 신이라면 그리스 신화의 헤르메스가 연상된다. 토마스 만이 이 천사의 모습을 헤르메스처럼 그려준 것도 그래서였다.

  요셉은 난감해진 얼굴로 그를 바라보았다. 찬찬히 살펴보니 그 남자는 다 큰 어른이라고 하기에는 그렇고, 요셉보다 그저 몇 살 위일 듯 싶었다. 하지만 키는 컸다. 그랬다. 그 키다리는 여행 다니기에는 치렁거리는 긴 옷이 불편하다고 느꼈던지, 소매 없는 아마포 옷을 무릎이 드러나도록 위로 잡아당겨 허리띠로 묶고 있었다. 그리고 한쪽 어깨에는 망토를 둘렀다. 목은 약간 부어오른 듯하고, 두상은 유난히 작아 보였다. 그리고 갈색 머리카락은 눈썹까지 내려와 한쪽 이마를 비스듬히 가리고 있었다. 코는 반듯하고 곧게 뻗어 있었다. 그런데 코와 붉고 작은 입 사이의 간격이 있는 듯 없는 듯 했다. 또 입 아래 움푹 패인 곳은 부드러우면서도 단단해 보여서 그 밑으로 불거진 턱은 공처럼 둥근 열매를 연상시켰다.
  남자가 거드름을 피우듯, 고개를 모로 꼬고 요셉을 내려다보았다. 예의 바른 것도 아니고, 그렇다고 전혀 예의 없다고도 할 수 없는, 한마디로 형식적인 예의를 보여주는 자세였다. 결코 못생겼다고 할 수 없는, 어쩌면 아름답다고 해야 할 두 눈은 절

왼쪽의 첫번째가 헤르메스 (옆은 에우리디케와 오르페우스)이다. 묘사된 천사의 모습과 몹시 닮아 있음을 알 수 있다.

반쯤 열려 있고, 깜박이는 것도 귀찮은 듯 꼭 졸음에 취한 것처럼 보였다. 그리고 팔은 통통했지만 피부가 워낙 창백해서 힘이라고는 없어 보였다. (제2권, 5부 형들을 찾아가는 여행, 들판의 남자, p.248)

아무튼 유대판 헤르메스라 할 수 있는 이 남자는 르우벤이 요셉을 구하러 우물로 갔을 때 그곳을 지키고 있던 자이기도 하다. 그 모습이 시체에 향유를 바르려고 여자들이 찾아간 무덤, 이미 돌이 치워진 그 무덤 옆에 있던 천사와 흡사하지 않은가. 물론 예수는 이미 부활한 후라, 그 무덤에는 없었다. 벌써 미디안 상인이 구해 줘 우물 밖으로 나간 요셉이나 다를 바 없다. 작가는 이 신약성서에 나온 천사와의 유사성을 암시하려고, 우물을 지키던 남자로 하여금 르우벤에게 씨앗 이야기를 들려주게 만든다. 열매를 맺으려면 일단 땅에 떨어져 죽어야 하는 것이 씨앗이다. 이 씨앗은 요셉이 죽은 게 아니라, 살아 있다는 희망을 뜻한다.

나중에 상인들이 요셉을 데리고 사막을 횡단할 때 이 남자는 다시 한번 길잡이로 등장한다. 이때 어디로 가는 길이던가? 바로 이집트이다. 이집트는 죽은 자들의 나라라고 했다. 그러면 죽은 자들을 안내하는 신은? 역시 그리스 신화의 헤르메스이다. 하지만 그리스는 훨씬 후인데, 시대적으로 맞지 않지 않느냐? 이런 질문을 던질 수도 있지만 이집트라고 헤르메스의 원형이 없었겠는가? 물론 있었다. 바로 아눕(그리스식 이름은 아누비스)이 있지 않은가.

소설에 나타난 야웨, 엘, 바알

야웨

유대인이 섬기는 신의 이름이 바로 야웨이다. 그러나 유대인들은 감히 신의 이름을 부를 수 없다고 생각하여 주인님을 뜻하는 아도나이 혹은 하느님으로 번역할 수 있는 엘로힘으로 그 이름을 대신했으며, '야후' 혹은 '야', '요'는 야웨의 줄임말이다.

엘

엘은 북서 셈어권에 등장하는 최고신의 이름이다. 가나안 사람들이 섬긴 이 지고(至高)의 신은 늙고 백발 수염을 가진 자비로운 신으로 생각되었다. 그런데 이 엘이라는 이름은 성경의 창세기 14장에서도 확인할 수 있다. 거기서 엘 엘리온(지고의 하느님)의 대사제인 멜기세덱은 전쟁에서 승리를 거두고 조카 롯을 구해오는 아브람에게 하늘과 땅의 창조자인 지고의 엘로부터 복 받을 것이라고 축복해 준다. (창세기 14장 18-19절) 그리고 이 엘은 아브람 부족들이 가나안 땅으로 옮겨와 그곳의 종교와 접촉하는 과정에서 그들이 섬긴 야웨와 같은 성격의 신으로 이해되었다. 예컨대 아브람이 여종의 몸에서 얻은 아들 이스마엘이라는 이름에서도 이러한 사실을 엿볼 수 있다. 이스마엘이라는 단어는 '엘이 듣는다'라는 뜻이다. 그 어머니가 아브람의 정부인인 사라에게 쫓겨나서 광야로 도망갔을 때 야웨의 천사가 나타나 그녀에게 아들의 이름을 이스마엘이라 부르라 했던 것이다. 그 이유는 그녀가 고통에서 울부짖는 소리를 야웨가 들으셨기 때문이라고 했다. 이뿐만 아니라 야곱의 이야기에서도 엘의 자취를 확인할 수 있다. 그는 고향인 하란 땅으로 가다가 노천에서 잠을 자게 되는데, 그날 밤 하늘에 이르는 계단 꿈을 꾸었다. 그리고 그 위를 오르락내리락하는 천사들도 보았고 야곱 자신에게 축복을 내리는 야웨까지 보았다. 꿈에서 깨어난 야곱은 그곳을 '엘의 집'이며 '하늘의 문'이라 불렀다. 그리고 그 표식으로 돌기둥을 세우고 '엘의 집'이라는 뜻으로 '벧-엘'이라고 불렀다. 또한 이스라-엘이라는 나라 이름 역시 가나안 신 엘의 이름이 히브리 민족 신의 이름으로 동격화되고 있음을 보여준다. 이스라엘이란 '엘이 싸운다'라는 뜻인데, 야곱이 어느 날 밤 어떤 사람과 밤새 씨름을 벌이다가 동이 틀 때 자신을 축복해 주지 않으면 그를 놓아주지 않겠다고 하자 상대방이 더 이상 네 이름을 야곱이라 하지 말고 이스라엘이라 부르라고 말했던 것이다.

바알

가나안 사람들이 섬긴 '폭풍의 신' 이름이다. 이 신은 자비로운 성격의 엘과는 달리 성격이 거친 전쟁신인데, 나중에는 엘을 제치고 신들의 왕으로 자리잡는다. 엘은 야웨와 동화되어 고유명사에서 보통명사로 바뀌어져서 하느님이라는 뜻으로 사용되기도 했지만, 이 바알은 대부분의 이스라엘 사람들로부터 배척당한다. 물론 일부 이 신을 받아들인 이스라엘 백성들도 없지는 않았다. 그러나 바알을 섬긴다는 사실은 야웨의 눈앞에서 악을 행한 것이라는 단죄를 받게 된다. (사사기 2장 11절) 왜였을까? 바알과 야웨의 성격이 비슷하다는 것이 한 가지 이유가 될 수가 있다. 바알과 야웨는 둘 다 강하고 거친 신이다. 히브리 성서 중에서 제일 빨리 기록된 것으로 알려진 '드보라의 노래'(사사기 5장)는 이스라엘의 적을 물리친 야웨를 찬양하는 전승가이다. 이때 등장하는 야웨의 모습은 폭풍을 일으키며 싸움에 돌진하는 전형적인 전투신이다. 전극에서 서로 같은 극은 밀어내고 다른 극끼리 서로 잡아당기듯이 바알과 야웨 또한 폭풍신이요 전쟁신이라는 동일한 성격 때문에 서로 융화되지 못했던 것이다.

신화 속의 영웅들

아눕

한참 앞에서 야곱이 쌍둥이 형 에사오를 속여 장자가 받을 축복을 가로챈 후 형의 분노를 피해 도망쳤다는 말을 한 적이 있다. 이때 사막을 걸어가다가, 앞선 재칼을 발견한다. 야곱은 우리들과는 달리 신화 교육을 잘 받은 사람이라, 그 짐승이 죽은 자들의 나라로 인도하는 신이라는 사실을 대번 알아차린다. 또 장인의 사기극에 속아넘어가는 첫날밤을 앞두고 그는 사막을 걷는 꿈을 꾸게 되는데, 그 꿈속에서 그는 바위에 걸터앉은 소년을 발견한다. 그런데 소년의 머리가 개의 두상이다. 위의 그림에서 얼굴만 개로 바꾸어 보자. 아래의 묘사와 그대로 일치하지 않는가.

> 그는 바위 위에 편안하게 걸터앉아 몸은 약간 앞으로 수그리고 한쪽 다리를 앞쪽으로 끌어당겨 그 위에 느긋하게 팔을 올려놓아 배꼽 위로 뱃살에 주름이 잡혔고, 다른 쪽 다리는 앞으로 쭉 뻗어 발뒤꿈치가 바닥에 닿았다. (제1권, 6부 자매, 역겨운 것, p.482)

작가는 이러한 묘사로 끝내지 않고 슬쩍 장난을 치기도

한다. 다음은 아눕이 야곱에게 하는 말이다.

"내 머리 걱정은 하지 마. 내가 곧 알아서 바꿀 테니까."(제1권, 6부 자매, 역겨운 것, p.487)

야곱은 못 알아듣지만, 우리는 알아듣는다. 아하! 그리스의 헤르메스로군! 물론 작가의 짐작처럼,[71] 별 생각 없이 그냥 지나칠 수도 있다.

그렇지만 이때 아눕이 헤르메스처럼 야곱을 죽음의 나라로 안내한 건 아니지 않은가? 맞다. 요셉을 죽은 자들의 나라 이집트로 데려간 들판의 남자와는 다른 게 사실이다. 그러나 야곱을 죽음으로 안내하기는 했다.

이 꿈을 꾼 건 첫날밤을 앞둔 시점이다. 그때가 되면 무려 7년이나 기다리고 기다렸던 라헬과 한 몸이 될 야곱이다. 드디어 그녀와 사랑을 나누게 될 것이다. 사랑의 행위? 그건 죽음을 동반한다. 사랑하는 여인과 동침하는 순간, 죽음은 시작된다. 그의 생명이 자신으로부터 분리되는 죽음을 맞기 때문이다. 그러나 그렇게 떨어져 나간 생명은 그녀의 품안에 들어가 새로운 생명인 그의 분신으로 자라나게 된다.

아눕으로 돌아가 그의 머리가 개라는 말을 했다. 소설에서 개는 눈먼, 혹은 절제를 모르는 성적 결합을 의미하는 상징으로 쓰인다. 포티파르의 부인 무트는 요셉이 자신과

---

[71] 칼 케레니에게 1934년 2월 20일에 쓴 편지.

동침하도록 유혹하려고 마법까지 동원하는데, 이때 그녀가 제물을 바치는 대상도 암캐 여신이다.[72] 또 요셉이 자신을 겁탈하려 했다는 무트의 고발에 잠깐 감금되는 장소도 개집이다.

마르둑

마르둑은 고대 바빌로니아 신화에서 혼란의 용 티아마트를 무찌른 구세주이다. 작가의 의도대로 읽자면, 요셉의 원형인 셈이다. 그렇다면 티아마트는 당연히 악의 세상을 뜻하게 된다. 이 악에는 성의 무질서와 혼란도 속하는 것으로 볼 수 있다.

마르둑을 요셉의 원형으로 본다면, 그를 천체의 어떤 별과 연결지을 수 있을까? 태양 아니면 달? 요셉이 달의 사람이라 했으니, 그는 당연히 달이다. 요셉이 구덩이에 빠졌다 다시 살아난 것처럼, 달도 그러하다. 달도 죽으니까. 그때를 가리켜 우리는 신월(新月)이라 한다. 그런데 달은 영원히 죽는 게 아니라 다시 살아난다. 한마디로 죽음과 뒤이은 부활의 상징이 달이라 할 수 있다.

---

72) 이 장면의 묘사를 위해 토마스 만은 칼 케레니가 보내 준 『소프론 혹은 그리스의 자연주의 Sophron oder der griechische Naturalismus』 원고를 참조했다. (케레니에게 보내는 1936년 7월 15일자 편지)

그렇다면 그의 적이었던 혼란의 용 티아마트는 자연스럽게 태양과 연결되고, 태양은 사막과 불이 연상될 수 있다. 생각해 보라. 불타오르는 욕정에 사로잡히면 그 불길이 모든 걸 다 태울 테니 황량한 사막밖에 더 남겠는가? 이렇게 욕정의 노예가 되지 않으려고, 또 상대방의 욕정에 희생되지 않으려고 싸운 자가 있다. 그는 바로 길가메쉬이다.

길가메쉬

신들 이야기를 하는 자리에 길가메쉬를 넣는 것에, 신화전문가들이 고개를 갸우뚱할지도 모른다. 하지만 길가메쉬가 인간만은 아니지 않는가? 이에 대해 어떤 자료는 반신반인(半神半人)이라 하고, 또 누구는 신의 성분이 3분의 1, 인간의 성분이 3분의 2라 하기도 한다. 어느 것이 맞든, 확실한 것은 분명 완전한 신은 아니라는 점이다. 다시 말해서 그는 신처럼 영생할 수는 없는 존재로, 수메르의 성곽도시 우루크의 왕일 뿐이었다.

아마도 퍽 잘 생겼던 모양이다. 이쉬타르 여신이 홀딱 반해서 무턱대고 사랑을 나누자고 요구한 걸 보면 그렇지 않을까 싶다. 그냥도 아니고 선물까지 많이 주겠다고 약속한다. 그러나 길가메쉬는 일언지하에 거절하는 것으로도 모자라 그간에 있었던 그녀의 스캔들을 조목조목 따지며 꿈도 꾸지 말라고 면박을 줘버린다. '감히, 네 놈이! 죽고 싶어서 환장을 하지 않고서야. 신도 아닌 것이 반항을 해?' 이쉬타르는 분을 삭이지 못하고 신들의 아버지인 아누를 찾아가서 길가메쉬를 죽일 수 있는 하늘의 황소를 보내달라고 부탁한다. 아시다시피 하늘의 황소도 길가메쉬를 이기지는 못한다. 힘센 장사인 영웅 길가메쉬에게는 그에 못지않은 장사 친구 엔키두가 있었던 것이다. 처음엔 적으로 만나 대결을 벌이기도 했지만, 영웅은 영웅을 알아보는 법이다. 엔키두는 길가메쉬의 둘도 없는 친구가 되었고, 이쉬타르 여신이 하늘의 황소를 내려보냈을 때도 목숨을 걸고 같이 싸운 것이다.

길가메쉬와 마찬가지로, 요셉에게도 이쉬타르처럼 제발 같이 자달라고 애걸하고, 그것도 안 되니까, 협박까지 한 여인이 있다. 물론 이쉬타르와 포티파르의 아내인 무트를 동격으로 놓아서는 안 된다. 그녀는 이쉬타르와는 달리 실제로 처녀였으니까.

길가메쉬나 요셉이나, 둘 다 남자이다. 도대체 여자가 먼저 자자고 하는데 기분 좋아할 남자가 어디 있는가? 어떤 사람은 이러한 작가의 의견에 동의하지 않을 수도 있다. 아니, '얼씨구나, 잘된 일을 왜 싫대?' 할 사람도 있다. 하지만 안타깝게도 이 소설을 쓴 또 한 명의 남자 토마스 만은 더 이상 사람들의 불평과 이의에 답을 해줄 수 없다. 그냥 옛날 아주 옛날 남자들 이야기니까, 그때의 가치관이겠거니 하고 이해하자. 그런데 이렇게 상대방의 욕정을 물리치고 자신의 순결을 지킨 요셉과 연결되는 신은 길가메쉬 말고도 또 있다.

탐무즈

이 아름다운 청년 신은 매해 봄이면 밭에 뿌려지는 씨앗처럼 땅에 파묻혀 죽은 후, 다시 싹을 틔워 부활하는 생장의 신인데 사냥 도중 멧돼지에게 상처를 입고 죽게 된다. 형들이 요셉을 마치 짐승한테 잡아먹힌 것처럼 옷에 짐승 피를 적셨던 장면이 기억날 것이다. 야곱도 그 옷을 보고 짐승한테 갈기갈기 찢긴 자 탐무즈를 떠올린다. 요셉이 탐무즈를 가리켜 히브리어로 "아도나이", 즉 "오, 주님!"이라고 부른 게 기억날 것이다. 아예 아도니스라고 했더라면 그리스 신화와 그냥 연결될 테지만, 그러한 지나친 시대착오만은 피하려는 게 작가의 뜻이었던 것 같다. 그래서 토마스 만은 그 연관성을 암시하는 것으로 만족했다. 그리고 탐무즈와 아돈의 이야기를 풀어놓은 부분—아돈의 숲—에 작가가 도움을 받은 글이 따로 있다. 그건 러시아의 드미트리 메레쉬코브스키 Dmitri Mereschkowski의 책[73]인데, 토마스 만은 밑줄까지 그어가며 많은 부분을 그대로 수용했다. 또 탐무즈는 수메르의 두무지가 앗시리아와 바빌론에 들어와 축약된 이름이기도 하다.

두무지

수메르의 풍요와 목축의 신인 두무지의 뜻은 '진짜 아들'이다. 이 정도면 야곱이 요셉을 가리켜 두무지라 부른 이유

---

73) 『동방의 비밀 *Die Geheimnisse des Ostens*』, 1924, p.225.

가 분명해진다. 레아로부터 여러 장성한 아들을 두었지만, 자신이 진정 사랑한 여인 라헬이 낳아준 요셉만이 그에게는 진정한 아들이며 진짜 아들이기 때문이다. 두무지를 저승에서 데려오는 여신은 이쉬타르이다. 길가메쉬 이야기에서 등장한 그녀의 모습과는 조금 딴판이지만, 여하튼 그녀는 인안나라고 불리기도 한다. 그런데 저승으로 내려가려면 일단 일곱 개의 관문을 거쳐야 하며, 문 하나를 지날 때마다 몸에 지니고 있는 장신구와 옷 한 가지씩을 벗어야 한다. 결국 마지막 일곱 개의 관문을 통과하고 난 후의 그녀는 벌거벗은 상태가 되지만, 빛의 세상으로 돌아올 때는 벗은 베일까지 다시 모두 걸치고 나온다. 옷을 입는다는 것이 바로 저승을 떠나 다시 생명의 세상으로 올라왔다는 표시이다.

이제 우리 요셉과의 연관성을 살펴보자. 앞에서 줄거리를 간추리면서, 요셉이 아버지 야곱한테 졸라서 얻은 옷이 있다고 했다. 형들이 잡아찢고 나중에는 짐승 피를 묻혀서 동생이 죽었다는 물증으로 아버지한테 갖다주게 했다는, 성경에 나오는 채색옷, 혹은 장신구를 단 옷이라고 되어 있는 그 옷은 라헬과 레아가 결혼식 날 입었던 예복이기도 하다. 이 옷에는 아름다운 그림이 수놓아져 있다. 어떤 형상들이었을까? 당연히 이쉬타르이다. 물론 그녀 말고 다른 그림도 있다. 한마디로 이 옷은 신화를 겹겹이 수놓은 옷이라 할 수 있다. 그런데 형들이 이 옷을 찢었다는 것은 베일을 벗기고 벌거벗김으로써 저승, 즉 이집트 땅으로 내려 보낸다는 뜻이 된다. 이집트를 가리켜 야곱은 수치심을 모르는 나라라 부르기도 했다.

이쉬타르

아쉬타르테, 아쉐라, 나나 혹은 인안나, 이름이 얼마나 많은지 헷갈릴 정도이다. 탐무즈가 그리스 신화의 아도니스와 연결된다면, 이 여신은 아름다운 아도니스를 사랑한 아프로디테라 할 수 있다. 이쉬타르는 그 이름들만큼 특성도 다양해 어떤 때는 호감이 가기도 하고 어떤 땐 불쾌해지기도 하는 여신이다. 여신? 어떤 때는 수염을 달고 등장하기도 하는데 여신이라고? 그렇다면 수염을 단 여자? 요셉을 유혹한 안방마님 무트가 생각나지 않는가? 여자인 그녀가 수염 달린 남자처럼 요셉에게 수청을 들라고 강요했으니까! 요셉의 동정을 자신에게 바치라고 졸라댄 무트는 이쉬타르처럼 여성과 남성의 특징을 다 지녔다는 뜻이다.

이쉬타르는 그래서 사랑의 여신인 동시에 전쟁의 신이기도 하다. 게다가 그녀는 방금 말했던 탐무즈, 또는 두무지를 지옥으로부터 구해 주는가 하면, 길가메쉬는 자신과 사랑을 나누지 않는다는 이유로 죽이려 하기도 한다. 이뿐만 아니라 그전에도 그녀는 자신이 사랑한 남자들을 죽이기도 하고 마법을 걸어 짐승으로 둔갑시키기도 했다.

한마디로 이쉬타르는 상대방을 유혹하고 위협하는 위험한 존재인 동시에, 수염을 단 남자이기도 하면서, 또 한편으로는 누이와 아내 그리고 어머니이기도 하다. 작가는 아스타르테가 바지 차림에 왕관과 베일을 두르고 조그만 젖가슴을 양손으로 잡고 있다고 했다.

우시르—이집트의 탐무즈

탐무즈처럼 사지가 잘려나간 신은 이집트에도 있다. 앞의 이야기를 기억하시는 독자라면 금세 우시르를 떠올릴 수 있을 것이다. 그의 그리스식 이름은 오시리스로 동생 세트(세테흐라고도 불린다)에게 육신을 잘린다. 또 우시르가 아눕의 아버지라는 말은 앞에서도 이미 했다. 실수로 아내인 줄 알고 동생의 부인 넵토트와 동침하여 생산한 아들이 바로 아눕이다. 이런 형을 쉽게 용서해 줄 동생이 있겠는가? 그때부터 동생 세트는 어떻게든 복수할 생각에 형 우시르의 목숨을 노리고, 결국 성공을 거둔다. 물론 개인적인 복수는 핑계이고 형의 옥좌가 탐나서 그랬을 수도 있다. 여하튼 우시르의 부인 에세트(그리스 이름은 이시스)는 이집트 전역을 헤맨 후 흩뿌려진 남편의 시신 열네 조각을 찾아 입김을 불어넣어 마침내 온전하게 되살린다. 그런데 한 가지가 빠졌다. 사지를 다 찾은 게 아니고, 딱 한 군데 것만 찾지 못했다. 그래서 인간에게든, 신에게든 매우 중요한 그 신체기관만 다른 것으로 대체했다. 무엇으로 대체했냐고? 바로 무화과나무를 깎아 만들었다고 한다. 그래도 신들은 신들이다. 그 위로 독수리로 변해서 날아 올라간 아내 에세트는 남편의 씨를 받아 마침내 아들 호루스를 낳는다.

무트의 유혹을 받고 요셉이 대번 머리에 떠올린 그림도 바로 이것이다. 죽은 신의 위로 날아다니는 암독수리. 요셉 자신도 죽은 상태가 아닌가.—죽은 자들의 나라 이집트로 들어온, 아버지 야콥에게도 이미 죽은 아들이니까.—그럼 그 위로 자신의 씨를 받으려고 날아다니는 독수리는? 그렇다. 무트-엠-에네트는 자신이 바로 이시스라고 당당하게 밝힌다.

그후 우시르는 저승의 신이 된다. 저승으로, 땅 밑으로 들어가서 다시 부활하는 건 곡식 씨앗도 마찬가지이다. 그 중에도 씨눈이 무엇보다 중요할 것이다. 그래서 우시르는 곡식의 씨눈이기도 하고, 저울을 들고 있는 심판관이기도 하다. 우리들 식으로 하자면 우시르는 염라대왕이니 죽은 자들을 심판하는 건 당연하지 않겠는가.

그런데 우시르는 이미 죽은 상태이니 다리가 붕대로 감겨 있어야 한다. 이집트는 죽은 자들을 붕대로 싸서 미라를 만드니까. 그리고 권력을 상징하는 총채와 휘어진 지팡이도 들고 있지 않는가?

우시르를 낳은 부모는 땅의 신

머리에 태양 원반을 쓴 에세트.

179

겝(Geb)과 하늘의 신 누트(Nut)이다. 아버지가 대지의 신이요 어머니가 하늘의 신이라니! 일반적으로는 하늘이 아버지요 땅은 어머니가 아니던가? 이렇게 높은 곳을(순전히 공간 구분 상) 어머니의 자리로 지정해 주고, 낮은 곳을 아버지에게 부여하는 것이 못마땅한 야곱이, 이런 발상 자체를 저 아랫세상에서나 있을 수 있는, 말하자면 정신이 발달하지 못한 원시적인 상태로 여기고 무조건 이집트라면 발끈한 건지도 모른다. 야곱에게 신은 곧 아버지이며 당연히 그분은 하늘에 계신 분이다. 야곱을 비롯하여 우리의 주인공인 그의 아들 요셉에게 신은 땅이 연상되는 어머니가 아니라 하늘을 가리키는 아버지라는 이야기는 앞에서도 한 적이 있지 않은가.

아문

줄거리와 인물들을 살펴보면서 여러 번 입에 올렸던 아문은, 우주 창조신의 하나이다. 또 이름이 '몸을 감추고 있는 자'라는 뜻을 가진 탓에 죽은 자들의 신으로 여겨지기도 하는 그는, 고대 이집트를 지켜주는 수호신, 곧 주신(主神)이다. 그러나 이렇게 막강한 권세를 지닌 제국의 신으로 자리잡기 전에는 일개 지방의 수호신이었을 확률이 높다. 그러다 제11왕조에서 제21왕조에 이르기까지 수도 테벤에서 나라 전체를 장악하는 막강한 자리에 오르게 된다.

　테벤은 테베의 오자(誤字)가 아니다. 테베는 그리스인들이 자기들이 편하게 부른 이름이고, 그곳 사람들은 테벤이라고 했다. 작가는 대부분 이집트식 이름을 고집하는데, 이집트의 고유한 이름까지 자기들 방식으로 바꿔서, 그게 더 아름답다고 믿은 훗날 그리스인들의 행동을 혹시 일종의 정신적 식민주의라고 여겼기 때문인지도 모르겠다. 여하튼 소설에 등장하는 이집트 신이든, 지명이든 일반적으로 알려진 것과 다를 경우 그 나라 말로 그렇게 발음했나보다라고 생각하면 될 것이다. 이집트학 전공서는 아니지만, 토마스 만의 뜻을 최대한 살리고 싶었으니까.

　아문 이야기로 돌아가자면, 그는 머리가 숫양인 반인반수(半人半獸), 혹은 위가 편편한 관(冠) 위에 한 쌍의 날개를 장식하고 턱수염을 길게 늘어뜨린 남성, 또는 기다란 깃털이 2개 달린 모자를 쓰고 턱수염을 기른 남자로 표현되기도 한다.

　이 신에게는 부인 무트와 아들 콘수(혼스, 콘스)가 있다. 무트? 그렇다. 요셉을 유혹한 여인의 이름에도 무트가 들어 있는데, 이는 이집트 말로 어머니를 뜻한다. 그리고 무트를 상형문자(象形文字)로 나타낼 경우 대머리 독수리의 모습이다. 독수리? 우시르의 아내 에세트도 독수리로 변장했다고 말했다.

　카르낙의 대신전(大神殿)에 함께 모셔둔 이들은 흔히 삼신일좌(三神一座)라 불리는데, 우리 요셉 소설에서는 삼위(三位)로 소개되고 있다. 이 부분에서 우리는 기독교의 삼위일체를 연상할 수 있을 것이다. 그런데 이 소설에서 이집트의 다른 신인 숍드를 섬기는 사제들은, 아문이 원래 누비아 태생으로 빈곤한 쿠쉬 땅의 신이었다가 자기 멋대로 아툼-레(라)와 자신을 동일화한 덕분에 이집트 백성의 신이 된 게 아닌가 하는 의심을 내비치기도 한다. 그럼 아툼-레는 또 누구인지, 아니 아툼은 누구고, 레는 누구인지 살펴보자.

레

라로 불리기도 하는 레는 원초의 바다 누(Nu)에서 태어나 최초의 우주를 만들고 신과 인간을 지배하다, 늙어서 이슬의 여신 누트의 등에 타고 하늘로 올라가 세계를 창조했다. 원래 태양 자체를 의미하는 레는 일찍부터 여러 곳에서 숭배 받았는데, 아침의 태양은 헤프레(케프레), 저녁의 태양은 아툼이라 불리기도 한다. 우리가 익히 들었던 오벨리스크는 햇살을 돌로 묘사한 것이다. 레는 독사에 감긴 태양 원반 혹은 성사(聖蛇)로 장식된 원반을 머리에 이고 있는 남자 모습으로 표현되기도 한다. 그뿐 아니라 머리가 양인 때도 있고 매인 때도 있는 레는, 제5왕조에 와서 신들의 세계에서 높은 자리를 차지하면서 고대 이집트의 왕까지 '레의 아들'이라는 칭호를 쓰게 된다. 신들 중에서 높은 자리에 올랐다 함은, 신들이 직접 싸웠다는 건 아니고, 그 신을 섬기는 인간들이 벌인 세력 다툼의 결과였다는 뜻이다. 그러다 중왕국시대 이후 테벤의 아문에게 잡아먹혀, 다시 말해서 테벤의 세력이 커진 결과 아문-레가 된다.

'어디 옛날에만 그랬던가? 굳이 종교전쟁까지 되새길 필요도 없이, 힘으로 각 민족의 고유한 신들을 잡아먹는 신은 지금도 도처에서 발견할 수 있다. 제발 신들끼리 안 싸우면 좋으련만. 고래 싸움에 새우 등 터지지 않게!' 이런 생각을 한번쯤 해보라고 작가가 이집트 신들의 위상 변화를 묘사하는데 각별한 신경을 썼는지도 모르겠다.

아툼

서쪽의 태양을 가리켜 아툼이라 한다고 말했다. 다른 신의 권세에 밀려 저물어가는 신세가 된 것일까? 아툼은 창조 이전에 모든 존재를 내포하고 있던 정령이다. 한마디로 스스로 존재한 것이다. 누구한테서 태어난 게 아니다. 다시 말해 그는 원초의 창조신인 셈이다. 그가 낳은 쌍둥이 오누이가 대기(大氣)의 신 슈(Schu)와 수증기의 여신 테프누트(Tephnut)이다. 아툼에게 가장 큰 적은 혼돈을 상징하는 아포피스 뱀이다. 이렇게 보면 혼돈의 용 티아마트를 해치운 마르둑과의 연관성을 짐작할 수 있을 것이다.

그런데 아툼은 고대 이집트인들이 우시르를 더 좋아하는 바람에 비중을 잃게 된다. 그 이유를 설명하면 이렇다. 원래는 죽은 후에 신이 되어 영생을 얻는 건 파라오밖에 없었다. 물론 이는 그렇게 여겼다는 뜻이다. 그러나 평범한 백성들도 죽은 후에 신이 되고 싶었다. 영원히 살고 싶었으니까. 그래서 숱한 세월 싸운 결과 자신들도 사후에 우시르와 한 몸이 되어 영생한다는 견해를 관철시킨다. 그래서 죽은 후에는 이름까지도 우시르 아무개가 된다. 백성들의 이런 종교관을 못마땅하게 여긴 게 에흔아톤 파라오였고, 소설에서도 소개해 주듯이 그는, 아문도 믿지 마라, 우시르도 믿지 마라, 오로지 순수한 태양신 아톤만 믿으라고 강요했다.

아톤

아멘호테프 4세(에흔아톤)는 얼마나 이 태양신을 사랑했던지, 자신의 이름에까지 아톤을 끼워 넣었다. 그는 모든 민족이 단 한 명의 유일신을 섬기는 세계 종교의 탄생을 꿈꿨다. 그러려면 어느 것에도 국한되지 않는 추상적인 신이 필요했다. 그래서 다른 태양신들과 달리 아톤을 태양 원반과 광선으로 표현했다.

토마스 만은 이 파라오와 요셉의 대화를 통해 그의 종교관을 더욱 그럴싸하게 그려준다. 아톤이 단순히 하늘 위에 떠 있는 태양신이 아니라 바로 그 태양까지도 좌우하는 힘, 그 태양 안에 있는, 하늘 안에 계신 주(인)님이 되는 것이다. 파라오가 원래 '하늘에' 있는 분이라고 했다가 '하늘 안에'라고 표현을 바꾸게 되는 과정은 본문의 파라오와 요셉이 나누는 신학 토론에 잘 나타나 있다. (제5권, 3부 크레타풍의 행복에 겨운 파라오, p.307) 파라오의 이러한 시도는 그러나 시기상조가 된다. 그가 죽자, 막강한 권력과 재물을 등에 업은 아문의 사제들이 들고 일어나 결국 수도도 이들이 장악하고 있는 테벤으로 다시 옮겨지기 때문이다.

하피

황소 신 하피의 이름은 나일 강을 신으로 표현할 때도 쓰인다. 그 이유는 그림처럼, 이 거룩한 황소 신의 힘 있는 생식기가 풍요로운 생장을 뜻하기 때문인데, 이집트 백성들의 생존이 나일 강의 적절한 범람에 걸려 있던 탓이다.

그리스식으로 아피스라 불리는 이 성우(聖牛)는 고왕국 시대 수도였던 멤피(멤피스, 멘페)의 도시 수호신인 프타흐(프타하)의 '살아 있는 재현'이기도 하다. 하늘의 한줄기 빛을 받아 이 황소를 잉태하고 낳은 암소는 그 이후 두번 다시 출산하지 못했다 한다. 여하튼 사제들은 이 황소를 프타흐 신전에 딸린 사육지에 가둬두고 축제 때마다 끌고 나와 구경꾼들에게 살아 있는 신의 모습을 보여주고 제물을 거둬 들였다. 우리 소설의 주인공인 요셉의 말에 따르면, 사람들은 자신들의 생존을 보장해 주는 신과 마찬가지인 이 황소가 포로로 '안전하게' 갇혀 있다는 사실을 확인하고는 기뻐서 펄쩍펄쩍 뛴다. 물론 황소의 입장에서는 여간 고역이 아니었을 것이다. 생장과 풍요를 상징하는 생식기가 그에게는 무용지물이었으므로, 그저 죽을 때까지 어두컴컴한 예배당에 갇혀 있어야 하는 그로서는 백성을 원망이 가득한 시선으로 바라보는 것도 당연하다. 그러다 자연의 섭리에 따라 죽음을 맞으면, 이 황소는 미라로 만들어져 영구 보관된다. 이집트인들이 죽으면 우시르 아무개가 되듯이, 이제 하피도 우시르와 하나가 되어 우사르-하피가 된다. 왜 우시르가 아니고 우사르인지, 이 모음 변화는 정확히 알 수 없다. 작가의 말이 그러니 그렇게 믿을 수밖에 없는데, 한두 군데도 아니고 계속 그렇게 나온 것으로 봐서 오자는 아니다.

참고로 말하자면, 이 우사르-하피도 그리스인들은 나름대로 다르게 불렀다. 세라피스가 그 이름이다. 이제 이 하피가 살아 있는 모습으로 재현했다는 프타흐가 어떤 신인지 살펴보자.

프타흐(프타하)

생김새는 언뜻 보면 미라 같아서 우리의 요셉은 붕대로 칭칭 감긴 자라 부르기도 한다.

프타흐는 고대 이집트에서 우주 창조신의 한 명으로 여겨진다. '말씀'으로 세상을 창조한 뒤, 진흙으로 인간을 빚어, 거기에 생명을 불어넣고 모든 신들의 몸과 영혼에도 생명을 줬다는 그는 생명과 생산력의 상징이다. 프타흐라는 이름의 뜻은 '세우는 자'이다. 그래서 수많은 신상을 조각하고 신전을 짓는 자들의 수호신이기도 하다. 한마디로 공예가의 신이라 해도 무방한 그는, 그리스 신화의 대장장이 신 헤파이스토스와 로마 신화의 불카누스를 떠올릴 수도 있다.

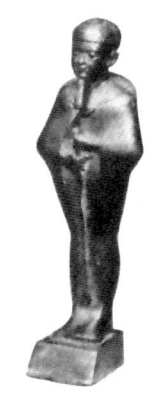

 카르낙 대신전의 아문과 그의 아내 무트, 그리고 아들 콘수가 합쳐져서 삼위를 이루었듯이, 멤피 사람들도 삼위를 가지고 있다. 프타흐와 그의 부인 사크메트, 그리고 아들 네페르템이다. 머리가 사자 모양인 사크메트는 힘센 여자로 불렸는데, 전쟁을 사랑했고, 아들은 붕대에 감겨 모습을 알아보기 어려운 아버지 못지않게 알쏭달쏭한 존재이다. 그저 사람 형상을 한 프타흐와 끔찍한 존재 사크메트 사이에서 태어난 아들이라는 것 이상은, 그에 관해 알려진 게 없다. 그저 머리에 연꽃이 올려져 있다는 게 고작이었다. 아니, 아예 그를 파란 수련으로 여기는 사람들도 없지 않아 있었다. 그랬어도 멤피 사람들은 이 아들을 가장 사랑했다. 우리의 주인공 요셉이 들려주는 말이다.

 토트

 이집트 사람들이 요셉을 보고 이 서기의 신 토트의 현현으로 착각했다는 말을 한 적이 있다. 물론 요셉은 글씨도 잘 썼다. 그래서 서기들의 수호신 토트와 연결되는가 하면 그것만은 아니다. 토트는 신들의 서기인 동시에 지혜의 신이기도 하다. 영리하기로 따지면 요셉도 이에 뒤질 바 없다. 검은 따오기나 비비 원숭이의 머리를 한 토트는 지혜의 신으로서 법률을 제정하고 신성문자를 발명하고 학문을 발전시킨 신으로 여겨졌다. 그러나 이집트 사람들은 토트를 원래는 달의 신으로 생각했다 한다. 그렇다면 요셉과 더 자연스럽게 연결되지 않겠는가? 중개자! 그래서 토트는 통역의 신으로도 알려져 있다. 그는 또 저승의 염라대왕 우시르 앞에서 죽은 자의 심장이 무거운지 가벼운지 그 무게를 저울에 달고 기록하기도 한다. 요셉 소설에도 이 일을 생각하기만 하면 가슴이 두 근 반 세 근 반 하던 자들이 있다. 아들의 의견은 물어보지도 않고 자기들 멋대로 거세해버린 어리석은 부모들, 바로 포티파르의 부모인 투이와 후이가 그들이다.

게다가 토트는 우시르와 그 뒤를 이은 호르의 재상으로 알려져 있기도 하다. 주인공 요셉도 파라오의 재상이 되지 않는가? 이만하면 이집트 백성들이 그를 보고 토트라고 환호했다고 나무랄 이유는 없다.

이 외에도 소설에는 여러 신들이 등장하지만, 직접 읽으면서 아는 신은 재확인하고, 혹시 몰랐던 신이라면 토마스만의 소개를 받으며 새롭게 사귀어 보는 것도 좋을 듯싶다. 소설 전체에 여기저기 흩어져 있는 신들의 이야기는 흡사 보물을 찾는 놀이처럼 즐거울 것이다.

본문 이해하기

1권

p.153
야곱의 허리에 그렇게 가차 없이 한 방 갈긴 것도 거기 있는 좌골이 움직이게 되어 있는지, 아니면 그 낯선 남자 같은 존재들이 그렇듯이, 아예 앉을 수 없도록 고정되어 있는지 마치 의사처럼 진단해 보려고 그런 건지도 모른다.

―낯선 남자란 천사를 의미한다. 날개가 달려 있는 천사는 굳이 걸어 다닐 필요도 없으므로, 야곱이 자신과 같은 천사인지 아니면 인간인지 알아보려고 했다는 뜻이다.

p.161
용을 쳐부수고, 삼중(三重)의 세상을 창조하신 바로 그분 말이에요.

―요셉이 하늘과 땅과 바다를 창조한 마르둑을 떠올렸다가, 아버지 야곱을 비롯하여 조상 대대로 섬겨온 신을 창조주로 인정하는 대목이다. 하지만 당시 주변에서 공인된 창조주는 마르둑

이었다. 이 자리에서 마르둑의 이야기를 잠깐 해보는 것도 좋을 것 같다.

'태양신의 송아지'라는 뜻을 가진 마르둑은 원래 아모리 족의 신으로 도성국가 바빌론의 수호신이었는데, 바빌로니아 제국의 형성과 함께 어둠을 상징하는 바다의 괴물 티아마트를 죽이고 천지를 창조한 최고신이자 만백성의 구원자로 숭배된다는 이야기는 본문의 역주에서 이미 한 바 있다. 고대 수메르 초기 왕조시대의 '운명을 결정하는 일곱 신'의 원래 서열은 '하늘신' 안, 대기와 땅 위를 주관하는 엔릴, 어머니 여신(출산의 여신) 닌후르쌍, 지하수의 신 엔키, 달의 신 난나, 태양신 우투, 금성 인안나였으나, 고대 바빌로니아 시대가 되자 안은 늙어서 뒤로 물러나고 엔릴이 최고신의 자리에 오르고, 그 다음에 지혜의 신이며 지하수의 신인 엔키, 그리고 닌후르쌍이 빠지고, 천둥신 아다드가 등장하여 다음과 같이 서열이 조정된다.
안-엔릴-엔키-난나-우투-인안나-아다드
그런데 도성 국가 바빌론이 득세하면서 그 수호신이었던 마르둑이 '운명을 결정하는 일곱 신'의 단합체에 들어와 태양신 우투(혹은 샤마쉬) 다음의 자리를 차지한다(조철수의 『메소포타미아와 히브리 신화』, p.56). 그리고 급기야 당시 최고신이던 엔릴의 주권을 넘겨받아 바빌로니아의 최고신으로 급부상하기에 이른다. 바빌로니아의 창조 서사시 「에누마 엘리쉬」는 이에 관해 대략 다음과 같은 내용을 담고 있다.

    태초에 지하수와 바닷물이 함께 뒤섞인 곳에서 신들이 생겼고, 하늘신이 지하수의 신을 낳자, 바닷괴물 티아마트가 신들을 괴롭혔다. 이때 지하수의 신에게서 태어난 마르둑은 커가면서 점점 모든 신들보다 위대해졌다. 마르둑은 하늘신으로부터 노리개를 하나 얻었는데, 그것은 사방에 바람을 일으키는 것이었다. 마르둑은 이 장난감으로 폭풍을 일으켜 티아마트를 어지럽게 한 후 그와의 싸움에서 승리한다. 그런 다음 마르둑은 티아마트의 시체를 반으로 갈라 윗부분은 창공을 세워 별들과 태양과 달을 두고, 나머지 절반으로 땅을 만들어 온갖 것들을 낳게 했다. 그리고 사람들도 만들어 바빌론 신전을 짓게 하여 신들을 그곳에 쉬게 하였는데, 마르둑의 자리는 가장 높은 왕좌였다. (위와 같은 책, pp.115~116).

p.200
여기서 '진짜'라는 건 무슨 의미일까? 인간이 '자신'이라 하고 '나'라고 하는 자아가 정말 그렇게 자신의 시간적, 육체적 경계선을 결코 벗어나지 않고, 그 안에 응축되어 있는 어떤 것일까? 자아의 성분에는 혹시 이전 세상과 자신의 외부에 속하는 것이 많이 있는 건 아닐까?

—토마스 만은 흔히 자신을 다른 것과 엄밀하게 구분되는 개성으로 생각하는 현대인의 자의식에 물음표를 던지고 있다. '나'라고 하는 것을 개인의 입장에서 본다면, 자신이 지금 머릿속에 떠올리는 생각과 느끼는 감정과 현재 걸치고 있는 육신과 일단 동일한 것으로 여길 수도 있을 것이다. 그러나 육체라는 것에서도, 이것이 '순전히' 내 것인가,라는 질문이 제기될 수 있다. 우선 유전이라는 문제만 생각해 봐도 그렇다. 부모와 그보다 더 앞서 살았던 할아버지와 그의 할아버지 등등, 지금의

'나'라고 하는 것에는 나 외의 다른 것이 많이 포함되어 있지 않은가. 또 시각을 바꿔서 인간을 출발점으로 삼지 않고, 내 몸 안에서 살아 숨쉬는 생명의 입장에서 바라본다면 '나'란 과연 어떻게 규정할 수 있을까? 이 질문을 놓고 나름대로 답을 내려 보는 것도 재미있으리라.

p.200
'개성'과 '개인'이라는 이념에 해당하는 이 시절의 표현이란 고작해야 '신앙'과 '신앙고백' 정도였다.

―지금처럼 타인과 나를 구별하는 요소가 많지 않았던 시절이다. 이때는 어떤 한 사람이, 다른 사람이 섬기는 신과는 다른 신을 섬길 경우, 이러한 그의 신앙이 그 자신을 타인과 구별해 주는 요소로 작용했다.

p.217
에사오는 한마디로 다른 세상 사람이 그러하듯 기존의 사고틀을 벗어나지 못한 셈이었다. 그에게는 거의 타고난 것이나 진배없는 이러한 사고의 특징은, 우주 순환 법칙의 수용이었다.

―요사이 우리는 열린 사고, 닫힌 사고라는 구분을 한다. 기존의 고정관념을 고수하는 사람을 가리켜 또 흔히들 보수적인 사람이라 하고, 과감히 이를 벗어나 새로운 것을 모색하는 사람을 진보적인 사고를 지닌 사람이라 하기도 한다. 토마스 만은 여기서 에사오를 옛것에 매달려 있는 사람으로 표현하고 있다. 그리고 당시 인간의 사고를 지배한 것은 바로 인간이 자연과

하나라는 세계관이었다는 것이다. 따라서 당시 사람들은 대자연에서 일어나는 모든 사건이 인간 세상에도 그대로 적용되는 것으로 받아들였다는 뜻이다.

p.226
들어 올려진 야곱의 머리
―원문은 Haupterhebung, 곧 머리가 드높이 올라감이다. 고대 메소포타미아에는 '머리를 드높이'라는 이름의 신전(에사길라 신전)이 있다. 이는 사람들이 자신의 신을 다른 신과 차별하여 더 높은 신으로 섬기기 위해 신전을 높이 쌓은 것으로 생각된다. 원어 뜻 그대로 '머리가 드높이 올라간다'라고 해석된 이 말이 인간에게 적용되면 여러 가지 상황으로 해석이 가능해진다. 우선 올려 주는 이가 누구냐에 따른 의미의 차이로, 그 당사자가 신이라면 이는 신에 의해 선택받은 자가 입은 은혜를 의미할 것이며, 인간 스스로 자신의 머리를 들어 올리는 것이라면 당당하게 고개를 들었다는 뜻이 될 것이다. 하지만 어떠한 경우든 확실한 구분을 하는 것은 별로 바람직하지도 않을 뿐 아니라, 신과 인간을 완전히 별개의 존재로 생각할 때나 구분이 가능할 것이다. 또 머리가 드높이 올라가는 경우가 꼭 출세를 의미하는 것은 아니다. 십자가에 매달릴 때도 머리가 위로 들어 올려지기 때문이다. 바로 이 경우에 해당하는 경우가 세번째 소설에 나온다. 파라오를 시해하려고 반역을 꾀한 신하가 그 죄가 드러나면서 십자가에 매달려 사형당하는데, 토마스 만은 이때도 '들어 올려진다'라는 표현을 쓴다.

p.232
나하리나

─혹은 나하라임이다. 창세기 24장 10절에서는 아람 나하라임과, 27장 43절과 29장 4절에서는 하란과 동일시되는 나홀의 도시를 뜻하지만 나하리나는 하란이 있는 행정구역이다.

p.313
거인은 아내가 건네준 자식을 포대기째 삼킨다. 그는 지혜로운 어머니가 자식 대신 포대기에 돌멩이를 싼 줄은 몰랐던 것이다.

─작가가 시간을 빗대 표현한 이 거인은 그리스 신화에 등장하는 크로노스를 연상시킨다. 어머니 덕분에 목숨을 구한 제우스는, 나중에 아버지가 그동안 삼킨 형제들을 다 게워내게 하지 않았던가.

p.418
라반이 도망치는 사위를 따라잡았을 때 뭐라고 했던가? 그는 자기한테서 낮에 '훔쳐간 것'과 밤에 '훔쳐간 것'을 돌려 달라고 요구했다.

─낮에 훔친 것은 다 아는 도둑질, 즉 야곱의 상술과 계략(얼룩진 새끼만 자기 것으로 하겠다고 한 제안)으로 라반의 재산을 야곱 자신의 소유로 만든 것과 자신의 딸들을 데려간 것을 뜻하며, 밤에 훔친 것은 몰래 훔쳐간 자신의 수호신상을 의미한다.

p.456
계략으로 얻은 축복의 효력을 누구보다 확신하던 라반이었다.

―눈먼 아버지와 털투성이 형을 속이기 위해 어머니 리브가는 야곱의 몸을 짐승의 털로 감싸는 계략을 쓰지 않았던가. 비록 장자에게 정당하게 내려진 축복은 아니었지만, 그동안 성사되는 일들을 보면서 라반은 야곱이 받은 그 '축복'이 결코 헛된 것이 아님을 확신한 것이다.

p.529
산기가 느껴지자 표정만 조금 바꾸면서 벽돌을 준비시켰다.

―색다른 풍습에 따른 출산 방식을 엿볼 수 있는 대목이다. 이들 민족은 누워서 출산을 한 것이 아니라, 벽돌 두 장씩을 쌓고 그 위에 무릎을 꿇고 올라가 선 자세로 아이를 낳았다.

p.542
그러지 않고서야 어떻게 4년 동안 6명의 아들, 즉 '물을 바치는 자들'을 만들어낼 수 있단 말인가?

―물을 바치는 자들이란 남성, 즉 아들을 뜻한다. '정해진 사윗감 야곱'에서 라반이 지하실 무덤에서 조상에게 예를 올리는 장면을 묘사하며 작은따옴표로 '물을 바친'이라고 강조한 부분이 있다. 이들도 우리 풍습과 마찬가지로 조상들께 제사를 지낼 수 있는 후손은 남성이다. 물론 물이 정액을 연상시키는 것도 사실이다. 야곱이 라헬인 줄 알고 레아에게 자신이 가진 것

중에서 가장 좋은 것을 '쏟아 부었다'는 표현이나, 아버지의 애첩 빌하에 대한 욕정을 누르지 못한 르우벤을 가리켜 '아무 데나 쏴대는 물줄기' 혹은 '터져 나오는 물줄기'로 묘사하는 것도 이런 맥락에서 이해할 수 있다.

p.562
야곱의 눈에 그녀는 사래였다. 셋이기도 했던 한 남자의 선언이 있고 난 후, 모든 사람들의 예상을 뒤엎고 아들을 얻었던 사래였다.

―창세기 18장 2-10절까지의 내용으로 아브람이 맞아들인 남자 나그네 셋을 뜻한다. (그런데 성서에서 이 셋은 뒤이어 단수로 취급되어 개신교 성서에서는 '그' 혹은 '여호와'로, 공동번역성서에서는 '하느님'으로 바뀐다. 참고로 독일어 성경에는 '세 남자'가 '그'로 바뀐다.) 그들이 아브람에게 아들을 얻을 것이라 선언한 후에 모든 사람들의 예상을 뒤엎고 아들을 얻었던 사래였다. 사래는 그때 이미 월경이 끝난 상태였으므로 아들을 얻을 수 있으리라고는 아무도 생각하지 않았었다.

p.567
신을 (물론 야곱이 보기에 이 신은 거짓 신에 불과했다) 섬긴다는 미명 하에, 무거운 금을 내놓는 낯선 자들과 정사를 나누는 여인들과 미소년들의 사창가까지 버젓하게 차려진 신전이 아니던가.

―신전에 종사하는 여사제들이 금품을 받고 공공연하게 매춘을 행하기도 했다. 신을 섬기는 여사제들과의 성관계는 곧 신

을 섬기는 것과 같다고 여겨지기도 했던 것이다.

p.598
라반은 어두운 첫날밤, 몸은 풍만하지만 얼굴이 개머리처럼 못생긴 레아를 라헬 대신 밀어 넣었던 악마가 아니던가.

―알다시피 라반은 야곱에게 원래 품삯으로 정해 놓았던 아름다운 라헬이 아니라 못생긴 레아를 아내로 주었다. 그리고 이 사기극을 암시하려고 작가는 야곱의 꿈에, 레아처럼 머리는 못생긴, 즉 개머리이지만 몸매는 아름다운 아눕을 등장시켰었다.

2권

p.41

야곱이 했듯이 교감의 마법 덕분에 단색 가축으로 하여금 얼룩무늬 새끼를 생산하게 만들 수 있었겠느냐, 이 말이다. 아니다! 절대 그러지 못했을 것이다.

—야곱은 짐승들의 짝짓기 습성과 그 결과를 지켜보고 나름대로의 법칙성을 깨달았다. 즉 교미 과정에 무엇을 보느냐에 따라 새끼의 형상이 달라진다는 것을 알았던 것이다. 그뿐 아니라 그는 감수성이 예민한 사람으로서 정성껏 짐승을 돌보았다. 아마도 짐승들도 그와 이심전심이 되어, 그가 원하는 대로 얼룩무늬 새끼를 낳아준 것인지도 모른다. 요사이는 나무에게 매일같이 말을 걸어주고 좋은 음악을 들려주어 생산성을 높여 훌륭한 과일을 맺게 했다는 보고도 나오지 않는가.

p.42

정실의 아들, 두무지, 어린 가지, '처녀가 낳은 아들'을 선사받은 야곱은 그때부터 한 가지 생각밖에 없었다.

—기독교에서 예수를 가리킬 때 동정녀, 즉 처녀의 소생이라 표현한다. 예수를 낳은 마리아에게는 남편이 있었지만, 그와의 성관계를 통해 태어난 아들이 아니라 성령에 의해 생산된 아들이라는 것이다. 그런데 토마스 만은 여기서 소설의 주인공 요셉을 가리켜 '처녀가 낳은 아들'이라고 함으로써 예수의 원형이 곧 요셉이라는 발상을 드러내고 있다.

p.70

그분이, 살아 있는 이 신은 늘 선하지 않으며, 이따금 선할 뿐, 어떤 때는 아예 악하기도 하다. 살아 있는 그분은 악을 내포하면서도 그 가운데 거룩하며, 또 거룩함 자체이며 상대방의 거룩함까지 요구했다니, 이런 엄청난 일이 있는가!

―이 대목은 '선하신 신'이라는 가정을 의문시하고 있다. 신은 과연 늘 선하기만 한 존재인가,라는 물음에 토마스 만은 그렇지 않다고 대답하는 것이다. 신은 항상 선한 존재도 아니며 오히려 악한 면까지 지니고 있으며, 바로 그러한 점 때문에 거룩하다라는 역설적인 결론은, 선악의 관계를 어떻게 규정하는가에 따라서 받아들여질 수도 있고, 거부될 수도 있을 것이다. 만약 선과 악이 서로를 필요로 하는 관계라고 본다면 다시 말해서 악이 있어야 그에 대립되는 선을 말할 수 있으며, 선의 존재를 인정해야 악을 말할 수 있다고 전제한다면 선악을 함께 지닌 것이야말로 거룩하다는 이야기는 설득력을 갖지 않을까. 그리고 이를 인정할 경우 또 다른 질문도 가능해진다. 그렇다면 인간은? 인간도 선하기도 하고 악하기도 한데…… 그럼 인간도 거룩한 존재인가? 이에 대한 대답은 각자에 따라 달라지겠지만, 최소한 소설에 등장하는 신은 인간에게 거룩한 존재가 될 것을 요구했다.

p.103

그건, '신을 한 명 잡아야 한다. 그리고 짐승은 곧 아들이다. 아들은 축제에서처럼 자신의 때를 알고, 죽음의 집을 뒤엎고 지옥에서 올라오는 시간도 알고 있다'라고 쓰여 있기 때문이지."

―기독교의 구원 사상을 떠올리는 대목이다. 예수는 인간의 죄를 대신 속죄하려고 십자가에 매달려 죽지만, 다시 부활한다. 그런데 예수는 단순한 인간이 아니라, 신과 그 신의 아들 그리고 신의 정신인 성령 즉 성부(聖父)와 성자(聖子)와 성신(聖神)이 하나라는 삼위일체설에 근거하여 곧 신이기도 하다. 한편 짐승과 아들의 관계는 앞에서 이미 소개된 것처럼 서로를 대신하는 관계이다. 즉 이전의 신은 자신을 섬기는 인간들에게 진짜 아들을 바치라고 했지만, 야곱의 조상이 섬긴 신은 아들 대신 짐승을 제물로 받았기 때문이다.

p.111
나나

―에밀 졸라의 동명 소설에 관해 토마스 만은 에밀 졸라가 소설의 여주인공에게 나나라는 이름을 주면서 이 고대의 신화 속의 인물을 염두에 둔 것은 아니었을 거라고 짐작한다. 그것은 사람들이 흔히 생각하는 '발명'의 산물이었을 것이라고.
(1932년 2월에 쓴 「인간 정신의 단일성 Die Einheit des Menschengeistes」, 해설서, p.57.)

p.124
하늘의 모든 존재들이 어떤 강요를 받았는지 물어보려고 하지 마라. 이건 특별히 어떤 자를 선호하는 강력한 사랑에서 비롯된 결정이니까 머리를 이리저리 굴려 토를 다는 따위는 절대 용납이 안 된다.

―천사가 하나님의 인간에 대한 특별한 사랑을 못마땅하게 여기고 샘을 내고 있음이 드러나는 대목이다. 하나님은 천사들에게 요셉의 길을 인도해 주게 하는가 하면, 나중에는 우물에 요셉을 구하러 온 르우벤에게 희망을 주기 위해 빈 우물을 우두커니 지키라는 명령을 하기도 한다.

p.131
너희는 모두 조심하도록 하라! 나의 종 에녹을 내 나라에 있는 모든 귀족들과 하늘의 자녀들을 다스리는 가장 강력한 영주로 임명했다. 그에게 복종하지 않아도 되는 자는 여덟 명의 무서운 권력가, 왕 이름에 따라 신으로 불리는 이 여덟 명뿐이다.

―여기서는 요셉과 에녹을 동일시하고 있다. 에녹 또한 구약성서에서 신의 특별한 은총을 받아 하늘로 불려간 인물이다.

p.165
검은 달빛 아래 젊은 생명으로 자라나는 낫이 아버지를 거세하여 그에게 죽음을 가져다주면, 그렇게 낫으로 벤 수확물로부터 죽음과 생명의 씨앗이 굴러 나오는 것이다. 베일도 마찬가지다. 베일을 벗고 죽음에 이르는 것으로 끝나지 않고, 다시 생명으로 돌아오니까. 다시 말하자면, 베일을 벗긴 후 동침하는 것은 죽음을 의미하지만, 다른 한편 동침은 생산하는 것이므로 곧 생명인 것이다. 어머니가 죽음 속에서 남기고 가신 베일 옷을 아버지가 이제 빛과 생명으로 네게 입히셨으니 참으로 대단한 선물이구나. 그러니 모쪼록 베일을 잘 보관하여 아무도 벗기지 못하도록 하거라. 행여 죽음이 널 알아보고 동침하지 않도록!

―죽음과 삶의 관계를 베일에 연관시킨 대목이다. 곡식을 낫으로 벤다는 사실은 죽음의 행위이다. 그러나 낫으로 베어진 죽음은 이삭에서 곡식알을 낳고, 그 곡식알은 사람들을 먹여 살리는 데 쓰인다. 즉 생명을 상징하는 것이 곡식알인 것이다. 하지만 이 생명의 상징은 곡식알 입장에서는 죽음을 뜻하는 것이다. 또한 모든 곡식알이 인간의 식사로 쓰여지는 건 아니다. 다시 죽기 위해서, 즉 땅 밑에 다시 뿌려지기 위해서 저장되는 종자씨앗도 있기 때문이다. 베일을 벗고 죽음에 이른다는 내용은, 앞에서 신화 속의 영웅들을 소개하면서 언급했듯이 저승으로 내려가는 이쉬타르를 기억하면 될 것이다.

p.275
그건 뭐든지 자기 뜻대로만 하는 자들의 분노를 사게 될 거야. 그렇게 해서 공평하지 않은 자들의 복수를 끌어들인다는 점은 누구도 부인 못해.

―뭐든지 자기 멋대로 하는 자들이란 신과 야곱을 뜻한다. 신이나 야곱 모두 자신이 좋아하고 싶은 대상에게만 특별한 호의를 보인다는 점에서는 같기 때문이다.

p.335
너희는 젊으니 그 튼실한 팔 힘으로 번쩍 들어다 저기 바닥돌 위에 먼저 치운 초록빛이 감도는 자매(ihrer grünlichen

Schwester) 곁에 내려놓아라!

―우물을 덮은 돌 뚜껑이 두 동강이 나 있다고 했었다. 미처 바닥에 내려놓지 못한 반쪽과 이미 내려놓은 반쪽은 물이끼가 끼어 초록빛이 돌았고, 한 뚜껑에서 갈라진 것이니 자매라 한 것이다. 형제가 아니고 자매라 한 것은, 문법적으로 보자면 '반쪽'을 뜻하는 단어 'Hälfte'가 여성 명사인 까닭도 있지만, 둥근 우물과 물, 반으로 나눠진 뚜껑을 여성과 연관짓는 것이 자연스러워서일 것이다.

p.384
"다른 것도 없어. 정말 텅 비었어. 너희들이 오면, 구덩이는 비어 있지." 파수꾼이 말했다.

―예수를 찾으러 온 사람들도 빈 무덤만 발견했음을 암시하는 대목이다.

3권

p.210

'눈을 들어 본즉 한떼 이스마엘 족속이 길르앗에서 오는데 그 약대들에 향품과 유향과 몰약을 싣고 애굽으로 내려가는지라'

—개신교 구약성서 창세기 37장 25절의 인용문이다. 공동번역 성서에는 '향품'이 '향고무'로 되어 있다. 독일어 성경에는 위의 세 가지 물품으로 '약초', 수지와 정유를 혼합한 약제인 '발삼', 그리고 '몰약'으로 되어 있는데, 몰약이란 동아프리카와 아라비아산 미르라의 수지로 만든 약제이며, 이 수지가 향료로 쓰이는 경우도 있다.

p.225

하지만 주인님께서 '저울 옆에 비비가 앉아 있다!'고 명령하시니 무게를 달겠습니다. 규격과 무게를 무시하는 자는 달의 권세 앞에 무릎을 꿇어야 하는 법이니까요.

—달의 권세란 달의 신 토트를 뜻한다. 토트는 죽은 자를 심판할 때 저울에 단 그의 심장 무게를 기록하는 서기의 역할도 한다. 이 토트를 상징하는 성수(聖獸)가 비비와 따오기이다.

p.258

전래설화는 최소한 대략적으로나마 시간을 규정하고 있다. '그 일이 있은 후에'가 그것이다.

—'그 일이 있은 후에'는 Nach dieser Geschichte로, 창세기 39

장 7절 인용이다. 개신교 성서에는 '그 후에', 공동번역성서에는 '얼마쯤 시간이 흐른 후'로 되어 있다.

p.304
이 세상에 있는 모든 것을 취미세계의 하늘나라, 그러니까 가장 고상하고 세련된 수준으로 높이는 것보다, 장래를 위해 주님께 정성을 다하는 것이 훨씬 중요하고 시급한 일이니까요.

―세상을 여러 개로 나눌 수 있다면, 간단히 정치가 좌우하는 세계와 경제가 좌우하는 세계, 그리고 취미가 좌우하는 세계로 구분할 수도 있을 것이다. 여기서 취미의 세계가 예술의 세계와 연결된다는 점은 굳이 설명하지 않아도 되리라. 그런데 어떤 세계이든 높고 낮은 수준으로 또다시 나눠질 수 있지 않은가. 그래서 예술을 이야기하자면 고상한 예술이 있고 저급한 예술이 있다고도 말할 수 있을 것이다. 그중에서 가장 높은 수준에 이른 세계를 인간이 쳐다볼 수 있는 것 중에 제일 높은 하늘에 견준 것이다.

p.315
"내가 어둑어둑하고 피곤하다면 그건 너무 오랫동안 이유를 어떻게 설명할까 하고 힘겹게 사색한 탓이오. 하지만 어둑어둑한 자라도 자신이 어째서 그렇게 되었는지는 설명할 수 있소. 우리가 '거룩한 어두움' 가운데 있을 때, 제물을 올려 화해를 청하자는 발상에 먼저 불을 붙인 건 바로 나였소. 안 그렇소? 바로 내가 그 장본인이었다는 점은 당신도 부인하지 못할 거요. 그건 내가 남자이고 우리 오누이 중에서 생산하는 자가 나이기 때문이오. 우리가 한 쌍을 이룬 '거룩한 동굴 방'에서는, 당신의 남편이 될 오라버니로서 머리가 어둑어둑한 남자였지만, '옛날에 뿌리를 둔 거룩한 집'에서 '새로 등장한 거룩한 것'과 화해할 생각으로 거기에 '제물을 잘라 바칠' 생각을 먼저 한 것은 바로 나였소."

—거룩한 어두움은 우선 침실을 연상시키지만, 오누이가 부부가 될 수도 있었던 모권세계를 의미한다. 거룩한 동굴 방이란 어머니의 자궁, 그리고 '옛날에 뿌리를 둔 거룩한 집'은 좁게는 혼인한 쌍둥이의 침실을 뜻하며, 이 또한 모권세계를 상징한다. 그리고 '새로 등장한 거룩한 것'이란 좁게는 파라오를 뜻하고, 보다 밝아진 정신을 의미한다고 볼 수 있을 것이다. 한편 '제물을 잘라 바칠' 생각이란 아들을 내시로 만들려고 한 것을 뜻한다.

p.368
그분의 눈길은 달빛과 같아서 암소를 임신시켜 신을 낳고 그의 말씀은 바람 같은 숨결 같아서 생식의 꽃가루를 이 나무에서 저 나무로 날라다 주시기 때문입니다.

—이집트의 신 프타흐의 성수(聖獸)로 여겨진 황소신 하피를 염두에 둔 표현이다. 이 황소는 말하자면 암소가 낳은 소이긴 하지만, 그 암소를 수태시킨 것은 실제 황소가 아니라 신의 정신이었다는 뜻이다.

p.429

우리는 여기서 또다시 당시 후손의 나라에 팽배했던 당파 간의 대립이라는 문제와 마주하게 된다.

―'후손의 나라'에서 후손은 이집트 건국 세대의 후손들을 뜻하는 말이다.

p.481

파라오의 몸에서는 태양과 재결합하려는 경향이 다른 어떤 것보다 강렬하여 한 발자국, 한 발자국, 고집스럽게 자신을 관철시키고 있었던 것이다.

―파라오는 태양의 아들로서 신격화된 존재이다. 태양과 하나가 된다는 것은 이 세상에서의 죽음을 의미하며, 파라오의 몸 안에 들어 있는 생명이 죽음으로 나아가려는 성향이 강화되었다는 것은 신체적으로 노쇠하여 곧 죽게 된다는 뜻이다.

4권

p.551

사람들은 그녀의 성이 가진 요구를 간과했다. '물로 적셔진 검은 흙', 그리고 질료를 가진 모든 생명의 근원인 '달-알(Mond-Ei)'이 이러한 요구를 상징하는 것들이다. 그녀 안에 씨앗처럼 박혀 말없이 졸고 있느라 이 요구들은 자신을 의식하지도 못했다.

—'물로 적셔진 검은 흙'은 앞에서 언급했듯이 씨를 품고 있는 흙을 떠올리면 될 것이다. 그리고 '달-알(Mond-Ei)'의 경우, 달은 그 모습이 달라지면서 죽음을 맞고는(이때를 신월이라 한다) 다시 부활하므로 생명의 근원을 의미하는 상징으로 이해할 수 있으며, 생명의 잉태를 뜻하는 알 또한 두말할 필요도 없이 이 범주에 포함시킬 수 있을 것이다.

p.715

그저 이 순간에는, 그 때문에 예로부터 사람들의 발길이 워낙 많이 닿아서 단단하게 다져진 그 옆길로 새기에는 때가 무르익지 않았다고 생각했을 뿐이다.

—바른 길이 아니라 옆길로 샌다는 것은 여기서 고자질을 의미한다. 그리고 물론 이 행동 또한 지금 두두가 이 세상에서 처음 하는 행위가 아니다. 그보다 먼저 산 사람들 중에 이미 많은 사람들이 고자질을 해왔기 때문이다.

p.746

'주인(Herr)'이라는 단어가 여성을 일컫게 되자 형태에 변화가 생겨 '여주인(Herrin)'이 되었지만, 이 명칭에는 원래의 남성적인 요소가 강하게 남아 있음에 유의해야 한다. '여주인'은 육체적으로 보자면 그 형상이 여자인 '주인'이며, 정신적으로 보자면 '주인'의 면모를 지닌 여자로서 이중성을 보여주므로, 남성적 특성이 더 큰 비중을 차지하는 것이다.

―인간의 관계를 주종관계로 볼 때, 남성을 여성의 주인으로 설정하는 시각은 우리에게도 낯선 것이 아니다. 독일어 Herr는 남성 명사이다. 그런데 여자 주인을 가리킬 때는 그 성을 구분하기 위해 단어 끝에 접미어 -in을 붙인다. 따라서 이 여주인이라는 Herrin이라는 단어에는 이 명칭이 가리키는 대상이 여성이라는 사실보다는 주인이라는 낱말이 바닥에 깔고 있는 남성적 특성이 더 강하게 부각된다는 의미이다.

p.747

이스라엘은 아버지의 이성이 확대되면서 얻게 된 정신적 이름이었다.

―아버지는 이성, 어머니는 암흑이라는 이분법이 떠오르는 대목이다. 어머니의 암흑은 열매를 맺는 흙과 아이를 낳는 모태와 연결되고, 아버지의 이성이란 정신과 이어진다. 그리고 이 정신 혹은 이성이 빛과 연결된다는 것은, 앞에서 계몽이라는 단어를 설명하면서 이미 말한 바 있다.

p.760

이러한 발상은 아버지의 이성(Vätervernunft)이라는 가정과 마찬가지로 적당해 보이지 않으니까 말이다. 그러나 이것은 시간 속에 자신의 자리를 가지고 있으며 거기서부터 발전되어 왔다.

―앞서 말했듯이 아버지의 이성은 어머니의 암흑에 대비되는 개념이다. 따라서 오늘날 이러한 이분법에 쉽게 동의할 사람은 없다는 사실을 작가도 알고 있다고 밝히는 내용이다. 그리고 이러한 발상, 즉 창조주와 피조물의 관계를 사랑하는 연인들의 질투를 포함한 관계로 보는 발상은 이미 오래 전부터 있었다는 뜻이며 이에 관한 설명은 소설의 다음 대목에서 이어진다.

p.764

그가 팔려온 나라의 노쇠함과 언약 없는 지속성, 사막과 같은 무변화, 미래를 향해 그냥 굳어버린 경직성, 야만적이고 죽은 것, 현재를 갖지 못한 그것이 앞발을 쳐들고, 그 앞에서 수수께끼를 풀려고 서 있는 언약의 아들을 자기 가슴으로 끌어당겨 그의 이름을 대도록 하려는 것처럼 보였다.

―이집트의 특성을 스핑크스와 연결시키는 대목이다. 스핑크스를 처음 본 요셉의 반응을 묘사한 '피라미드 옆의 요셉'을 기억해 보면 좋을 것이다.

p.764

게다가 이것이 탐내는 대상이 단순히 나이만 젊은 게 아니라, 앞날이 창창한 미래를 보장받았다는 점에서도 새파

랗게 젊은 경우에야 더 말할 것이 뭐가 있겠는가.

―요셉은 긴 역사를 지닌 기독교를 대변하는 초기 인물이 아닌가.

p.769
열매를 맺을 수 있는 검은 것에 뿌리 내린 비이성과 연계한 적은 없었다.

―검다는 것은 대지와 여성의 자궁을 연상시킨다. 대지는 만물의 열매를 맺고, 여성의 자궁은 새로운 생명의 탄생을 간직한다.

p.817
넘실거리며 내게로 몰려와 나와 결혼을 하면 내 곁을 떠나기 전에 내 축축한 바닥에 연꽃화환을 두고 가야 해!

―연꽃, 수련하면 떠오르는 것이 있을 것이다. 프타흐와 사크메트 사이에 태어난 아들 네페르템은 아예 파란 수련으로 여겨지기도 했다. 또 연꽃은 우시르가 멋모르고 동생의 아내와 동침한 후 놓고 간 것이기도 하다. 결과적으로 태어난 것이 아들 아눕이었다. 따라서 이 연꽃은 아들을 뜻하는 씨앗, 즉 정자를 의미한다고 생각해도 될 것이다.

p.826
나는 위대한 어머니 이시스야. 독수리 두건을 쓰고 있지. 나 무트는 어머니라는 이름이야. 그러니 오, 귀여운 아들, 달콤한 생산의 밤이 오면 너도 내게 네 이름을 말해 줘야 해.

─성서에 동침한다는 뜻으로 쓰여지는 독일어 동사는 'erkennen'인데, 이는 인식하다는 뜻을 가지고 있다. 다시 말해서 상대(혹은 사물)가 누구(무엇)인지 그 정체를 알아낸다는 의미이다. 따라서 이 경우 포티파르의 부인은 자신은 이시스라며 요셉에게도 정체를 밝히라는 말로써 동침할 것을 요구하는 셈이다.

5권

p.19

주변에서는 이 책략들에 관해 정확히 알고 있다고 믿었다. 이는 모든 것을 다 아는 능력을 지닌 그분에 비길 바는 아니지만, 어느 정도까지는 그분과 함께 하는 부분도 있었던 까닭에, 제한적이긴 하지만 일부는 알 수 있는 우리들의 능력 덕분이었다.

―신은 모든 것을 다 아는 존재이므로, 천사들의 지식과 비교할 수는 없지만, 천사들 또한 어떤 존재들인가? 그들은 신의 정신으로부터 비롯된 존재가 아닌가? 따라서 신만큼은 아니지만 많은 것을 알 수 있다는 뜻이다.

p.108

그러면 파라오는 식탁으로 가서 땅에 매장한 '신의 살'을 먹지. 그것은 낫으로 거둔 것이네, 저 아래에서, 맹세를 받아들이는 깊은 심연에서.

―땅에 신을 매장한다는 발상은, 두무지를 씨앗으로 여기거나, 우시르를 곡식 눈으로 여기는 신화에서 비롯된 것이다. 그러므로 신의 살이란 곡식으로 만든 빵을 뜻한다. 물론 이것이 이집트에만 적용되는 것은 아니다. 신의 살을 먹고 신의 피를 마시는 것은 기독교의 성찬에서 지금도 이루어지고 있다.

p.109
왜냐하면 빵이 그렇듯 법도 암흑에서 하는 일이며 모태에 붙어 있기 때문이지. 저 아래에 있는 그곳엔 복수의 여신들이 살고 있어.

—법을 주관하고 죽은 자를 심판하는 이 신은 저승에 있는 마아트 여신을 뜻한다. 빵을 만들어주는 곡식도 암흑인 캄캄한 땅 속에 묻혀 있다가 싹을 틔운 씨앗의 열매이며, 법을 주관하는 신도 암흑의 저승세계에 머무는 마아트 여신이다. '암흑-모태-여성성'이라는 도식을 다시 한번 읽을 수 있다.

p.159
이 어린 태양이 정오에 이르러 절정에 올라 남성이라는 면에서도 절정기를 맞자, 어머니 에세트는 뒤로 물러나 통치권을 아들에게 물려준다.

—여기서 어머니 에세트는 현재 파라오의 어머니인 테예를 뜻한다.

p.257
왕이 꿈을 꾸는 데에는 제가 필요했듯이, 양이 예언을 하기 위해서는 그가 필요했던 것이지요.

—백성을 다스리는 왕의 꿈과 양의 예언을 주체로 보면, 꿈이 현재 왕위에 올라 있는 젊은 파라오가 필요한 것처럼, 예언 또한 요셉을 통해 자신을 드러낼 수 있다는 뜻이다.

p.258

그 꿈들이 아무런 방해도 받지 않고 스스로 해석을 내리는 일이 없도록, 무슨 일이 있어도 꿈보다 먼저 해석을 얻어야 한다고 하셨소.

―꿈이 스스로 해석을 내린다는 것은, 꿈이 현실화된다는 것을 의미한다. 만약 이 경우처럼 불길한 사태를 예언하는 꿈이라면, 현실적으로 이에 대비할 기회를 잃게 되는 셈이다. 하지만 꿈보다 먼저 해석을 얻게 되면, 즉 꿈을 인간이 먼저 해석을 하게 되면, 그 해석에 따라 다가올 앞날을 준비하고 필요하다면, 그 꿈이 실현되었을 경우에 생겨날 피해를 최소한 줄일 수도 있다.

p.315

물론 이는 위를 걱정하는 근심에서 비롯되어 아래로부터 올라온 것이다.

―위란 하늘, 즉 자신이 섬기는 신을 뜻하며, 아래란 결실을 맺는 땅을 의미하는데, 자신이 풍년과 관련된 땅에 관한 꿈을 꾸긴 했지만, 그에게는 땅에 대한 관심보다는 위에 있는 신에 대한 관심이 더 크다는 사실을 시인하는 장면이다. 파라오의 입장에서는 땅의 생산이 많아서 백성을 배불리 먹일 수 있어야만 백성으로부터 신뢰를 얻고, 그래야만 자신이 섬기는 신을 숭배할 수 있도록 백성들을 설득할 수 있었던 것이다. 그리고 위와 아래를 정신과 육신으로 바꿔 말할 수 있다면, 그는 위의 축복을 받아 새로운 신을 머리에서 생산해 낼 수 있었지만, 육신의 축복은 받지 못하여 아들을 생산하지는 못했다. 이것으로 끝나

지 않고, 그가 만들어낸 새로운 신학도 오래 가지 못했다. 즉 생장하고 번식하는 '아래'의 축복이 받쳐주지 못했던 것이다.

p.372
야곱은 '탐(tâm)' 하며, 곧 '정직하며(redlich)', 장막에 거한 사람이라는 것이 여기에 속한다.

―창세기 25장 27절에 등장하는 표현으로, 개신교 성경에는 '조용한 사람', 공동번역성서에는 '성질이 차분하여' 로 되어 있다.

p.401
마치 영원한 지혜의 이러한 지시가 요셉 자신에게 세속에 머물러야 하는 대가를 요구하지 않은 것처럼.

―'영원한 지혜' 란 신을 뜻한다.

p.439
그러나 소용없었다. 이는 유다의 여주인과 그녀의 창을 고려하지 않은 계산이었다.

―유다의 여주인이란 이쉬타르, 그녀의 창이란 성욕을 뜻한다.

p.447
하지만 이는 일시적인 분류였고 아벨을 대신할 자로 태어난 세트로부터 많은 후손들이 이어져 노아에까지 이르렀다. 무척 영리한 자라 불린 이 자를 신께서 내놓은 이유는, 자신이 창조한 모든 것을 멸망시키고 싶은 분노를 느꼈지만, 이런 마음을 접고 이 피조물들을 구원하기 위해서였다.

―이렇게 마음을 다스린 이유를 원어에서는 자신을 속인다고 표현하는데, 이 신이 자신을 계속 복수로 표현한다는 점을 고려한다면, 또 다른 자신을 의미한 것으로 볼 수도 있다.

p.459
언약의 궤도, 곧 눈을 뜬 자리에 있는 이 창녀가, 다시 말해서 이 구원사의 일원이 될 자격이라고는 전혀 없는 빵점짜리가 잘되기를 바라는 마음은 전혀 없었다.

―다말이 보기에 유다의 아내는 구원의 언약을 받은 가문의 며느리였으나, 정신적인 사색과는 거리가 멀어 단순히 남편과 잠자리나 하는 창녀에 지나지 않았다. 이렇게 구세주가 태어날 가문의 어머니가 될 자격이 전혀 없는 그녀가 현실적으로는 그 집 며느리가 되어 있으니, 다말로서는 그녀에게 고까운 시선을 보내는 것도 당연했다.

p.469
이건 그분에게 남아 있는 사막의 잔재로구나, 그렇게 생각하도록 해라!

―신이 아브람에게 인지되기 전, 과거에 그는 사막의 광포한 신이었다. 그래서 지금도 종종 예전의 습관을 완전히 다 버리지 못하고 거룩한 신의 신분에 어울리지 않는 일도 해버린다는 것이다.

6권

p.635

그러나 네가 거기 가보면 포획물도 없어지고 그 지옥은 다시 비어 있어.

―작가가 작품 전반에 걸쳐 놓은 신화의 재현을 또 한번 나타내는 부분으로, 예수의 무덤을 찾아가는 자들의 경험을 암시하는 것이다.

p.662

대답은 유다가 하게 된다. 여기서 오늘 모두를 대변해서 말할 사람은 바로 그였다. 그는 살면서 제일 많이 견뎌내었던 사람으로 죄에 대해서라면 가장 많이 이해했으므로, 말하는 것도 그의 몫이었다. 왜? 죄는 이성을 만드니까. 그리고 그 반대도 성립된다. 정신이 없으면 죄도 없으니까.

―아스타로트(혹은 이쉬타르)의 종으로서 그가 겪은 고통을 말한다. 그는 자신의 성욕을 주체할 수 없던 사람이다. 그러나 그것이 옳지 않은 일이라는 것 또한 누구보다 잘 알고 있었다. 이렇게 알면서도 번번이 같은 실수를 저지르는 자신 때문에 괴로워했다. 그러나 만약 그가 자신의 행위를 그릇된 것이라고 판단하는 정신이 없다면, 그는 죄를 지었다는 자각도 하지 않을 것이다. 쉽게 말해서 정신이 없는 자는 자신이 무슨 죄를 지었는지도 모른다는 뜻이다.

p.672

'일곱번째 테라스'로 올라가셔서 유성 자리에 앉아 집안일을 감독하는 영주가 되셨어요.

―두번째 소설의 요셉이 꾼 꿈에서 이미 설명했듯이 왕 중의 왕, 즉 신이 계시는 제일 높은 하늘 아라보트가 일곱번째 테라스이다.

p.687

입주가 가능한 순서로 따진다면 무덤이 제1 순위였다.

―도시를 건설하는데 가장 먼저 지은 것이 무덤이었다는 뜻이다.

p.691

벤야민에게는 은화 300데벤과 예복도 1년에 보태진 날짜 수만큼, 즉 다섯 벌이나 선사했다.

―두번째 소설에 숫자에 얽힌 오묘함이 언급되어 있다. 일년은 360에 5를 더해야 한다는 내용과 함께. 그래서 요셉이 벤야민에게 선사한 옷이 다섯 벌인 것이다.

p.807

여하튼 이렇게 파라오의 옥좌에 황금 사슬로 묶인 자들이 내지르는 신음소리가 귀청을 찢을 듯이 날카로웠던 적도 자주 있어서, 우리 귀에까지 들려온다.

―황금 사슬에 묶여 있는 자들이란, 황금이 상징하는 것처럼 파라오에게 경제적으로 예속되어 있는 자들을 의미한다.

p.814

모진 산고도 참아내고 험난한 인생을 기꺼이 살아가려고 단단히 각오했던 여인이었건만, 사랑스러운 어머니의 운명은 그녀의 '각오를 모욕'하며 그녀를 일찍이 저 세상으로 데려갔듯이, 아들에 이르러 다시 등장한 이 운명의 변주곡은 이른바 '귀한 것을 빼앗는 사랑'이었다.

―라헬은 인생의 아픔까지도 당당히 받아들이며 살려 했다. 한마디로 삶에 대한 각오가 대단한 인물이었다. 그러나 그녀의 운명은 그녀의 각오를 받아주지 않았다. 즉 그 각오를 귀한 것으로 인정해 주지 않고 무시해버림으로써 그것을 모욕한 것이다. 물론 이런 표현은 숙명을 주체로 볼 때나 가능한 것이다. 이런 운명과 그녀의 관계는 아들에게도 대물림되는데, 그 표현 양식이 어머니와 같은 단명이 아니라 '귀한 것을 빼앗는 사랑'이라는 것이다. 다시 말해서 요셉에게 가장 소중한 재산을 물려주고 싶었던 아버지였건만, 야곱은 요셉이 아닌 유다에게 구원의 언약을 물려주고, 축복을 내리게 되는 것이다. 다시 말해서 원래 요셉에게 주려고 작정했던 장자권과 축복을 빼앗았던 것이다.

p.869

남자의 몸 안에 영혼이 들어 있을 때보다, 이렇게 맛있어 보이는 깨끗한 것들을 채워 넣으니 일한 보람도 느꼈다.

―인간의 몸 속에 있는 내장을 보고 식욕을 느낄 자는 없다. 하지만 미라를 만들기 위해 속에 있던 것을 다 들어내고, 그 안에 채워진 것들(몰약과 향기가 좋은 월계수의 만생근 껍질 등)을 보고 하는 말이다

부록

- 지도로 본 아브라함, 야곱, 요셉의 이동 경로
- 토마스 만이 요셉 소설을 쓰면서 참고한 문헌들
- 참고 문헌

지도로 본 아브라함, 야곱, 요셉의 이동 경로

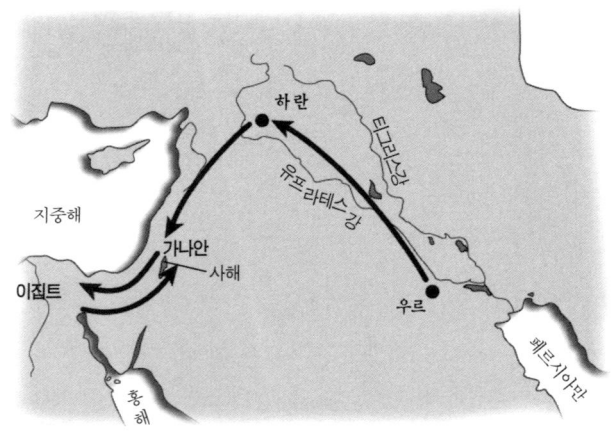

아브라함이 신을 찾아 헤맨 경로

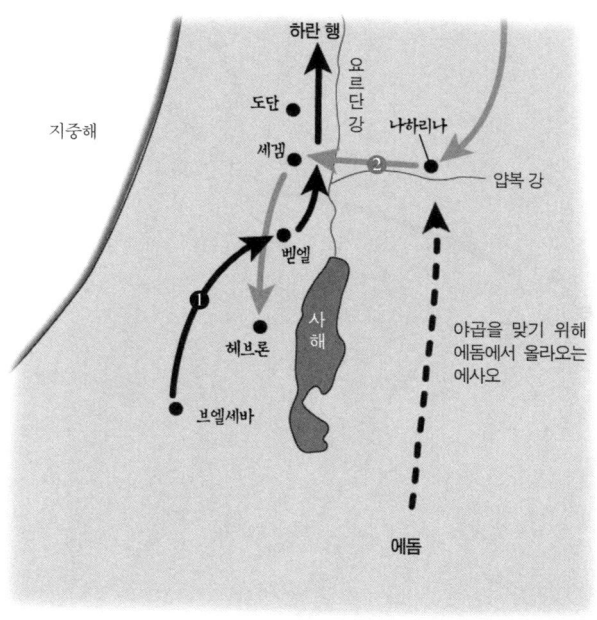

❶ 브엘세바에 있는 이삭의 장막에서 에사오를 피해 도망처, 숙부 라반이 있는 하란으로 향하는 야곱.
❷ 가나안으로 돌아오던 야곱은 나하리나에서 에사오와 만나 화해한다. 야곱은 세겜에서 머물다 벧엘을 지나 헤브론 근처에 정착한다.

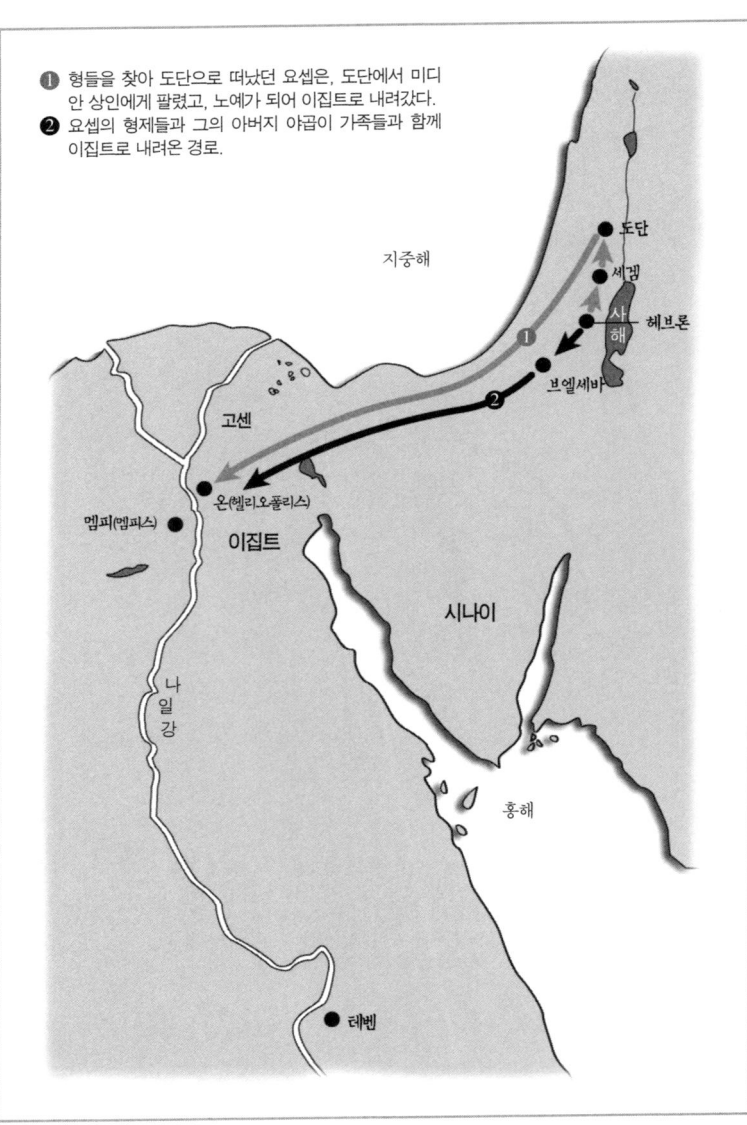

토마스 만이 요셉 소설을 쓰면서
참고한 문헌들

성서

이 소설의 뼈대를 이루는 것이 성서에 기록된 요셉 이야기이므로, 제일 먼저 성서를 꼽을 수 있다. 물론 성서 중에서도 구약성서, 그리고 그중에서도 기본이 된 것은 창세기 25장에서 50장까지의 내용이다. 야곱의 출생으로부터 그의 죽음에 이르기까지의 이야기가 수록된 이 구절 중 토마스 만은 거의 한 구절도 빼놓지 않고 이렇게든 저렇게든 소설에 옮겨 놓았다. 그가 읽었던 성경책은 1661년에 발행된 것으로 오래 전에 작고하신 아버지가 그어 놓은 색 바랜 잉크 자국이 남아 있는 가족 성경이었지만, 집필에 직접 사용한 성경은 현대판이었다. 그렇다면 그에게 성경이란 무엇이었을까?

이성적으로 본다면, 과연 성경이란 무엇인가? 성경은 유대교와 고대 기독교가 지니고 있던 여러 가지 다양한 문학적 기록들로 구성되어 있다. 즉 신화, 설화, 단편 소설, 찬송가와 다른 시들, 그리고 역사적인 보고서와 논고, 편지와 격언집, 법조문들이 여기에 속한다. 그 저자들은 혹은 올바로 표기하자면, 그 기록들을 베껴 쓴 자들은 매우 오래 전, 즉 그리스도가 탄생하기 전 500

년부터 기원 후 200년에 걸쳐 있다. 그러나 성경의 구성 성분 중 일부는 그 원천이 이보다 훨씬 이전으로 거슬러 올라간다. 이는 암울한 고대의 잔재요 파편으로 마치 빙하 뒤에 남겨진 돌처럼 여기 저기 널려 있다. 한편 성경이 포함하고 있는 고대 이스라엘의 일부 묘사들에는 그 글들이 기록된 시대의 사람들이 지니고 있던 희망과 이상이 흔적을 남기기도 했다. 이스라엘 족장사의 편집은 유대의 왕조시대로 보는 것이 옳은 것 같다. 이때는 정치적 혼란기로 평화롭고 온건한 삶에 대한 향수가 강할 때였으므로 태고사가 목자들의 전원시와 같은 특성을 띠게 된 것이다.[1]

토마스 만은 1944년에 쓴 이 『책 중의 책 그리고 요셉에 관하여』에서 이 '책 중의 책'인 성서의 구약성서에 기록된 요셉 이야기를 구약성서의 진주라 표현한다. 이집트의 단편 소설에서 그 전형을 찾을 수 있고 오리엔트 전역에서 인기가 많았던 이야기 소재로서 코란에서도 확인할 수 있는 이 이야기는, 가나안과 이집트를 무대로 한 성서의 기록에서, 너무 간략하게 묘사된 게 흠이긴 하지만, 여하튼 가장 아름다운 형태를 얻었다는 것이다. 그래서 이 이야기를 하나하나 자세하게 그려내야 한다는 작가로서의 사명감에 결국 무릎을 꿇었다고 말한다.[2]

작가는 이 소설의 집필을 위해 여러 가지 전문서적들을 섭렵했는데, 그중에서 소설과 연관시킬 수 있는 중요한 몇 가

---

1) 안내서, pp.146~148.
2) 해설서, pp.258~259.

지만 소개해 볼까 한다.

알프레드 예레미야스, 『고대 오리엔트의 시각에서 바라본 구약성서』[3]

소설에서 요셉이 이집트에 가서 자신에게 붙여주는 오사르시프라는 새 이름은 성서에는 나오지 않는다. 그렇다면 작가가 새롭게 만들어낸 이름인가? 그건 아니다. 이 이름은 바로 알프레드 예레미야스의 책에서 따온 것이다.

그는 구약성서의 유래를 바빌론으로 소급하여, 근동지역의 문화가 지니고 있는 동일한 성격을 지적한 인물이다. 요셉 소설을 통해 이스라엘과 이집트, 그리고 바빌론과 그리스의 종교와 기독교가 근본적으로는 휴머니티라는 동일한 이념을 근간으로 삼고 있음을 보여주려 했던 작가에게 이 책이 많은 도움이 되었음은 물론이다.

J. 브라운의 『자연사와 전설. 모든 종교 이념과 전설과 체계의 근원』[4]

요셉을 탐무즈-오시리스-아도니스-디오니소스로 이어지는 유형으로 여긴 토마스 만의 생각을 재확인한 책이다.

토마스 만은 시간에 구속되지 않는 전래된 신비에 현재라

---

[3] Alfred Jeremias, *Das Alte Testament im Lichte des alten Orients*, Leipzig, 1916.
[4] Julius Braun, *Naturgeschichte und Sage. Rückführung aller religiösen Ideen. Sagen, Systeme auf ihren gemeinsamen Stammbaum und ihre letzte Wurzel* (2 Bände), München, 1864/65.

는 옷을 입히고, 소설에 등장하는 인물들이 자신을 하나의 신화로 느끼며 체험하게 만드는 것에 대단한 매력을 느꼈다. 그러나 이렇게 하려면, **지적인 접근과 아울러 경쾌하고 유머러스하게 다루는 방식이 필요하다는 것이 작가의 생각이었다. 숭고함과 비장함이라든가, 종교적인 열의로서는 이를 이루기가 어렵다는 것이다.** 게다가 소설 제3권에서 유머는 더 강하게 부각되는데, 그것은 이미 다 알고 있는 이야기를 흥미진진하게 들려주기 위해서는 항상 새로운 트릭을 개발해야 하고, 이 경우 그 트릭은 유머를 수반할 수밖에 없다고 했다.[5] 그러므로 자신의 작품에서 악마와 같은 애매모호함과 모든 것을 '부식시키는 아이러니' 보다 자비와 유머를 더 많이 찾는다면, 이것이 소설의 진실에 더 가까이 가는 것이라고 볼 수 있다고 말하기도 한다. 사실 그는 유머와 위대함이 서로 깊은 관계에 있다고 생각한 작가이기도 하다.

에드가 다크베, 『원시 세계, 전설과 인류』[6]

다크베는 예레미야스처럼 재야학자라 할 수 있는데, 토마스 만은 체계화된 대학의 학문보다 독자적인 사고의 산물을 더 높이 평가했다. 한편 비합리주의자에 직관주의자인 다크베는 토마스 만의 『파우스트 박사 *Doktor Faustus*』에 에곤 운루에 박사로 등장하여 반동적인 지성인이요 나치즘의 선구자로 그려진다. 토마스 만이 요셉 소설을 쓰면서 다크베의

---

5) 메노 스판 Meno Spann에게 1942년 6월 16일에 쓴 편지.
6) Edgar Dacqué, *Urwelt, Sage und Menschheit*, München, 1924.

연구에 주목한 부분은 초기 인류사였고, 그중에서도 아틀란티스와 대홍수에 얽힌 설화가 작가의 큰 관심을 끌었다.

M. J. 빈 고리온, 『유대 전설』[7]

요셉 소설은 천사들의 세상을 가리켜 '엄격한 자들의 나라'라고 부르기도 하는데, 이 표현은 이 책에서 빌려 온 것이다.[8] 그리고 성서의 창세기말고 요셉 이야기를 들려주는 다른 자료들도 읽은 토마스 만은, 유대교 전설을 다룬 이 책에서 다음과 같은 구절을 메모하기도 했다.[9]

> 포티파르의 아내는 요셉을 유혹하는데 거의 성공할 뻔했다. 그러나 그가 막 죄를 저지르려는 순간, 아버지의 얼굴이 나타나는 바람에 그는 놀라서 뒤로 물러나면서 자신의 욕정을 누를 수 있었다.

J. J. 바흐오펜, 『원시 종교와 고대 상징』[10]

후기 낭만주의의 신화학자인 바흐오펜의 이 책에서 토마스 만은, 황소 신 하피를 '신분이 낮은 자들을 해방시키는 자'요, '모든 차이를 지양하는 자'로 여기는 그의 해석을 수용하

---

7) M. J. bin Gorion, *Die Sagen der Juden*(3 Bände), Frankfurt a. Main, 1919.
8) 1934년 1월 18일 요셉 소설을 영문으로 번역하고 있던 헬렌 로웨-포터 Helen Lowe-Porter에게 보낸 편지.
9) 안내서, p.149.
10) J. J. Bachofen, *Urreligion und antike Symbole*(3 Bände), Hrsg. von Carl Albrecht Bernoulli, 3 Bde., Leipzig, 1926.

였다. 그리고 작가가 모계사회의 문란한 성생활을 상징하는 늪지대의 동식물에 관련된 상징을 이 책에서 끌어왔다는 사실은 앞에서도 언급한 적이 있다. 그리고 포티파르의 아내가 요셉에게 하는, 프로이트를 연상시키는 다음의 발언도 이 책에서 영감을 얻은 부분이다.[11]

"누구나 어머니와 함께 자. 몰랐어?…… 나는 위대한 어머니 이시스야. 독수리 두건을 쓰고 있지. 나 무트는 어머니라는 이름이야. 그러니 오, 귀여운 아들, 너도 내게 네 이름을 말해줘야 해. 달콤한 생산의 밤이 오면."(제4권, 7부, 구덩이, 아픈 혀, p.826)

A. 비데만, 『고대 이집트』[12]와 A. M. 블랙맨, 『백 개의 성문을 가진 테벤. 파라오들의 탑문 뒤에서』[13]

이 두 책에서 작가는 이집트인들이 설날을 맞아 기뻐서 뛰는 모습과 축제의 광경을 알게 된다.

이외에 토마스 만이 도움을 얻은 책들은 다음과 같다.

- 브루노 마이스너, 『바빌로니아와 앗시리아』

  Bruno Meissner, *Babylonien und Assyrien*, 2 Bände, Heidelberg, 1920/25.

---

11) 안내서, pp.151~152.
12) A. Wiedemann, *das alte Ägypten*, Heidelberg, 1920.
13) A. M. Blackman, *Das hunderttorige Theben. Hinter den Pylonen der Pharaonen* (Übers. von Günther Roeder), Leipzig, 1926.

- H. 카터와 A. C. 마이스, 『투트-엔흐-아문』

  Howard Carter and A. C. Mace, (a.d. Engl.) *Tut-ench-Amun*, von Georg Steindorff, 5. Aufl., Leipzig, 1924.

- J. 벨하우젠, 『이스라엘과 유대 이야기』

  J. Wellhausen, *Israelitische und jüdische Geschichte*, 4. Ausg., Berlin, 1901.

- A. 운그나드, 『바빌로니아와 앗시리아의 종교』

  Arthur Ungnad, *Die Religion der Babylonier und Assyrer*, Jena, 1921.

- C. F. 레만-하웁트, 『이스라엘. 세계사 속에서의 발전』

  C. F. Lehmann-Haupt, *Israel. Seine Entwicklung im Rahmen der Weltgeschichte*, Tübingen, 1911.

- A. 웨이겔, 『에흔아톤과 그의 시대』

  Arthur Weigall, *Echnaton und seine Zeit*(aus dem Engl. übers. von H. Kees), Basel, 1923.

- I. 벤찡어, 『히브리 고고학』

  I. Benzinger, *Hebräische Archäologie*, Leipzig, 1927.

- 『페르시아 시인 피르두시와 드샤미가 들려주는 요셉 전설』

  Die Josephslegende, den persischen Dichtern Firdusi und Dschami nacherzählt von Ernst Roenau, Wien u. Leipzig, 1923.

- 막스 브로드, 『이교, 기독교, 유대교. 신앙고백서 』

  Max Brod, *Heidentum, Christentim, Judentum. Ein Bekenntnisbuch*, München, 1921.

지금까지 소개한 책들과 소설에 강한 흔적을 남긴 여러 사상가들, 쇼펜하우어를 비롯하여 니체의 저서들은 물론이고, 토마스 만은 요셉 소설을 준비하는 과정에서 프로이트 전집의 제10권에 수록된 종교심리학에 관련된 글「토템과 타부 Totem und Tabu」를 매우 꼼꼼하게 읽었다. 또 바흐오펜의「동양과 서양의 신화. 고대 세계의 형이상학 Der Mythus von Orient und Occident. Eine Methaphysik der alten Welt」(München, 1926)에서 작가는 부권과 모권, 태양과 땅, 정신과 육체라는 대립물에 관련된 많은 정보를 얻었다.

그리고 소설에 등장하는 신들을 소개하면서 지적했던『동양의 신비』의 저자인 드미트리 레메쉬코브스키는, 토마스 만이 이미 오래 전부터 톨스토이와 도스토예프스키 작품의 해설자로서 무척 높이 평가한 인물로서, 예레미야스와 마찬가지로 길가메쉬와 탐무즈와 오시리스와 그리스도를 같은 선상에서 바라본다. 토마스 만은 그의 책에서 성에 관한 묘사와 관련하여 많은 것을 발견했다. 요셉 소설에 등장하는 '인간과 신의 약혼'이라든가 유대교와 반대되는 고대 이집트인의 '수치심 결여'라는 발상이 그 예이다.[14]

한편 토마스 만은 오스카 골드베르그의 저서『히브리인의 현실. 모세 5경의 체계에 관하여』[15]를 힘겹게 읽었다고 고백하기도 한다. 구약성서의 창세기, 출애굽기, 레위기, 민수기, 신명기, 즉 모세 5경에 대한 매우 기이한 해석을 담고 있는

---

14) 안내서, p.152.
15) Oskar Goldberg, *Die Wirklichkeit der Hebräer. Einleitung in das System des Pentateuch*, Berlin, 1925.

이 책을 가리켜 토마스 만은 한마디로 파시즘을 대변하는 책이라고 말하기도 한다.[16]

오스카 골드베르그가 이 책에서 다룬 주제는 신화의 육화(肉化)이다.[17] 신이 육신을 얻기 위해서는 인간이 필요하다는 것이 그의 주장이다. 그에게 순수한 정신이란 뭔가 부족한 존재인 셈이다. 그래서 예전의 인간들은 신에게 사람을 제물로 바쳤다는 것이다. 그러다 시간이 지나면서 사람들은 인간 대신 그를 상징하는 다른 제물을 바치게 되었으나, 골드베르그는 사람의 살과 피를 실제로 제물로 바치던 옛날로 돌아가려고 한다. 그런 의미에서 그의 책은 요셉 소설에서 이사악의 임종을 다룬 '태초의 염소 울음소리'에 영감을 준 것이라 할 수 있다.

---

16) 해설서 참조.
17) 안내서, pp.149~150.

참고 문헌

『요셉과 그 형제들』의 원저

Joseph und seine Brüder. Der erste Roman:
Die Geschichten Jaakobs, S. Fischer Verlag, Berlin 1933.

Joseph und seine Brüder. Der zweite Roman:
Der junge Joseph, S. Fischer Verlag, Berlin 1934.

Joseph und seine Brüder. Der dritte Roman:
Joseph in Ägypten, Bermann-Fischer Verlag, Wien 1936.

Joseph und seine Brüder. Der vierte Roman:
Joseph, der Ernährer, Bermann-Fischer Verlag, Stockholm 1943.

번역에 사용한 책은 위의 초판 본문을 수록하여 피셔 문고판 출판사(Fischer Taschenbuch Verlag GmbH)가 프랑크푸르트에서 1991년 5월에 발행한 4권의 소설이다.

이 책을 쓰기 위해 참고한 책들

- Thomas Mann, *Selbstkommentare: 〉Joseph und seine Brüder〈*, Frankfurt am Main 1999.

- Hermann Kurzke, *Mondwanderungen. Wegweiser durch Thomas Manns Joseph-Roman*, Frankfurt am Main 1993.

- *Das Totenbuch der Ägypten*, Düsseldorf/Zürich 1977, 1998.

- Michael Grant und John Hazel, *Lexikon der antiken Mythen und Gestalten*, München 1980.

- 柳亨植,『獨逸美學論』, 1997.

- 조철수,『메소포타미아와 히브리 신화』, 도서출판사 길, 2000.

요셉과 그 형제들
깊이 읽기

초판인쇄	2001년 11월 10일
초판발행	2001년 11월 20일
지 은 이	장지연
펴 낸 이	심만수
펴 낸 곳	(주)살림출판사
주　　소	110-847 서울시 종로구 평창동 358-1
출판등록	1989년 11월 1일 제9-210호
전화번호	영업 · (02)379-4925~6
	기획 · (02)396-4291
	편집 · (02)394-3451~2
팩　　스	(02)379-4724
e - m a i l	salleem@chollian.net

ISBN 89-522-0071-3 04850
　　　89-522-0064-0 (세트)

* 잘못된 책은 구입하신 서점에서 바꾸어 드립니다.

값 10,000원